Payback
PAYBACK

Payback

PAYBACK

尹理事、尹理事。

我反覆默念了幾次。雖然不爽，但我是不是真的故意忽視了與他有關的事？這或許是源自內心深處的恐懼，擔心要是牽扯過深，就會萌生我不樂見的感情。於是我像個十足的笨蛋，沒聽出理所當然應該聽懂的話——在車中宇的錄音檔中，那奇怪的「銀」和「飾」，其實是「尹理事」。

——我不是說了嗎？你只要調大音量，就會找到有趣的東西。

是啊，我應該相信神經病的忠告。如同現場經紀人的疑問，不管車中宇或他的經紀人都太快就放下，還有之前在停車場見到的夢想社長也表現出毫不在乎的態度，再加上神經病從一開始就知道確切的證據和犯人，這一切，全是因為那小子就是幕後黑手，是這起令人頭痛的事件的真凶。

——你在哪裡？

我在地鐵入口停下腳步傳出簡訊後，立刻收到了回覆。

——在家等我，我要回去了。

不曉得是不是已經習慣來他家了，我穿過僅有玄關燈亮起的短短走廊，毫無遲疑地步入陰暗的客廳。無須確認也知道開關位置的手，觸碰了牆壁某處。隨著「喀」一聲響起，原本晦暗無光的世界瞬間被鋪上色彩。

客廳的書本與文件仍胡亂堆疊，但奇怪的是，我卻不覺得髒亂。似乎有人進來打掃過了，屋內一塵不染。今天早上出門時還擺在廚房餐桌上的水杯已經不見了，看來我並沒有猜錯。

派人打掃過，卻不收拾物品的房子。我坐在鬆軟的沙發上，想起了可能要求清潔人員什麼都別碰的屋主。在遵照他的意思、並未收拾的物品之間，夾雜著我忘記帶走的劇本。我靜靜凝望片刻，才緩緩伸手拿起。

昨天他離開後，我便坐在這個位置閱讀劇本，讀著讀著，直接在沙發上睡著了。我和二十四小時前一樣，微彎下腰，舒適地放鬆身體。接著，我把劇本翻到上次讀到一半的段落。在徹底沉浸於劇情之前，我猛然發現，自己待在這個地方居然完全不會感到彆扭。這明明是別人的家，而且是神經病的家，為什麼我不會覺得陌生或不自在？

我的眼睛搜索著尚未閱讀的文字片段，隔了一段時間才恍然大悟。是因為散落在四處的物品嗎？這裡有人生活的感覺，空氣中殘留著肉眼看不見的、屬於人的溫度。或許是我無意間從這個答案中得到安慰，意識到這點後，一種怪異的感覺倏然將我包裹。

我總是看見與之相反的地方，並認為自己待在那裡會感到舒適——陰暗、狹窄、地下、通往靜謐墳墓的一條條走道。啪啦。我翻過一頁，專注於繼續展開的新劇情，腦中充滿了即將涉險的主角的世界。

喀啦。微小的聲響，喚醒了我朦朧的精神。我驚醒過來，看見了客廳的天花板。原來我又睡著了，可惡。我在內心咒罵著，一邊撐起躺在沙發上的身體。起身後，凹陷的沙發逐漸恢復原本的蓬鬆模樣。都怪這裡實在太舒服了。

我怪罪著無辜的沙發，左顧右盼尋找聲音的來源。無需尋覓太久，似乎剛洗完澡，僅有下半身穿著寬鬆褲子、頭髮仍濕答答的神經病從廚房走了出來。咕嚕咕嚕。他喝著剛轉開瓶蓋的礦泉水，發現了清醒過來的我。我直愣愣地盯著他，努力甩開難纏的睡意，而站在桌子附近的他，向我遞出了礦泉水。

「喝吧。」

——我拒絕。

尚未完全清醒的腦袋給出了答案，手卻已經接過他遞出的水瓶。看見他喝水的模樣，我忽然感到一陣乾渴。剛從冰箱取出的冰水帶著沁涼的溫度，從口腔沿著喉嚨流淌，洗去了原本殘存的睡意。可能真的渴了吧，我拿著不知不覺見底的礦泉水瓶，左顧右盼尋找著垃圾桶。

「你在找什麼？」

「垃圾桶。」

原以為回答後，屋主會理所當然地直接告訴我，殊不知他卻伸出了手。

「給我，我幫你丟。」

「……」

我簡直要懷疑自己聽錯了，忍不住用充滿疑惑的眼神仰望他。他卻若無其事地搶走我手中的水瓶，走向廚房。稍後，空手而歸的他，像是忽然想起什麼似的問道。

「肚子餓不餓？」

我感覺有些奇怪。他為何露出如此舒坦的笑容？那並非客套的笑臉，而是自然流露的舒緩情緒，這反倒讓我內心警鈴大作。我挺直身體，眼神銳利地瞪著逐漸靠近的他。只見他一屁股坐到我旁邊，自然地將一隻手臂掛在我身後的沙發靠背上，溫柔詢問。

「想吃東西的話，我幫你叫外送吧？」

「……不用。」

我僵著身體冷漠回絕，他給人的感覺卻變得更加溫柔了。

「怎麼不到床上睡，不是比較舒服？啊，你在沙發上等我等到睡著了嗎？」

他點點頭，開心地露出酒窩。

「我也想早點回來，但在等美國的人跟我聯絡，所以拖到比較晚。」

他一邊說著，一邊用靠在沙發上的那隻手撥弄著我的頭髮。

「雖然看著你的睡臉也很好，但果然還是你醒著的時候更棒。」

霎時間，一陣超出警戒的毛骨悚然猝然向我襲來。我像機器人般，抬起僵硬的手臂阻止了他的動作，並嚴肅問道。

「你累了吧？」

即使我撥掉了他的手，他也沒有顯露不悅，而是直接退後靠躺在沙發椅背上。接著，他若有所思地凝望著半空中，然後點點頭。

「嗯，聽你這麼一說，我好像滿累的。」

不，不是「好像」，你已經累壞了！雖說很想這樣吶喊，但他被撥開的手又再次朝我靠近。我趁他觸碰到我的臉之前抓住了他，而他噗嗤一笑，反過來握著我的手說道。

「知道了，我牽你。」

我感到一陣惡寒，內心茫然的驚懼和莫名的油膩感麻痺了我的思緒。要是他像平時一樣惹人厭，我反倒可以直接開罵，可他順從的舉止、輕柔撫摸的動作，以及並未消失的溫柔笑容，徹底扼殺了我能應對的方法。這個神經病究竟……

「你上一次睡覺是什麼時候？」

他露出令人倍感壓力的眼神，思索了一會兒才開口。

「昨天來這裡見你的時候，睡了三十分鐘左右。」

「補眠不算。好好睡上一覺是？」

「三天前，跟你在床上睡了兩小時。」

「……在那之前？」

不知道是不是反常地腦袋遲鈍，只見他思索片刻，才再次開口。

「再三天前，一個半小時。」

再三天前，不就是他來XX市見我的時候嗎？所以他只為了那個短暫的吻，沒睡覺就跑去那裡了？我的內心半是不解，半是不敢相信，當我正感到困惑時，他再次開口催促。

「還有嗎？」

「什麼？」

還有什麼東西？我狐疑地看他，而他的大拇指像在畫圓似的，輕輕按壓著我的掌心。我後知後覺地感受到手上傳來的癢意，用力想甩開他，但自稱累了的他依舊力大無窮。

「還有什麼好奇的事情就問吧。」

好奇的事情當然很多。尤其是我來這裡見他的目的——關於車中宇的問題。我知道現在提出疑問，定然可以輕易獲得答案，但我卻莫名不想提起。一方面是不希望繼續和變得油腔滑調的他交談，另一方面，則是我心底湧現的警戒與不安。

他就像顆定時炸彈。那溫柔親切的模樣，看起來就像直逼警戒線的紅色警示燈，好似再這樣繼續下去，但凡有一點不順他的意，他將原封不動地展露出平時隱藏的殘忍本性，做出什麼讓人不敢想像的事情一樣。舉例來說，當我將手硬是從他手中抽走時，他臉上的笑容瞬間消失了。即使不寒而慄的感覺並未消失，我仍淡淡地開口。

「你去睡覺。」

我抬起下巴指向臥室，他卻只是面無表情地盯著我看，再次強硬地握住了我的手。彷彿要握碎骨頭的力道，讓我下意識地掙動，接著馬上就聽見了他的警告。

「你安分待著。」

我愣住了。抬眼一看，他的嘴角已經露出了平時的客套笑容。

「你再說一次剛才的話。」

「我叫你去睡覺。」

「為什麼？」

當然是你睡眠不足，做出比平常還神經的舉動啊。我拚命忍住竄到舌尖的正確答案，給出了另一個回答。儘管我也不知道自己為何要這樣辯解。

「因為我睏了。」

說完後，他眼底的冰冷頓時消失，隨後露出疑惑的眼神反問。

「你睏了？」

「……對。」

當然，我其實已經睡醒很久了。我點頭後，他才「啊」了一聲，恢復稍早的溫柔表情。而他彎起的柔和笑眼，讓我內心再次升起一股惡寒。該死，我根本沒辦法適應，要不還是直接跟他互毆算了？當我正煩惱時，神經病牽著我的手站了起來。

「好，睡醒再說。」

我稍微抵抗著拉扯的力道，可恢復好心情的他並沒有發現，仍一把將我拉了過去。他不是說累了嗎？力氣怎麼還這麼大？我心懷不滿，踉踉蹌蹌地被拖進漆黑的臥室。當他準備牽著我爬上床時，我雙腳用力地撐在原地。一腳已經跨上床的他回頭一看，但在晦暗無光的房間內，我沒辦法看清他的表情。

「你放手。」

「為什麼？」

短短一句提問，讓我不由自主吐露了內心的感想。

「我會不舒服，也不知道為什麼要跟你躺在一起。」

冷淡的回答帶來一陣沉默，隨後，我聽見了他冷淡的聲音。

「那你更應該跟我躺在同一張床上。」

「為什麼？」

我問了相同問題，這次答案馬上就揭曉了。

「你不是說自己必須贖罪，不能過得太舒服嗎？所以你才會故意不追尋快樂，讓自己被迫沉浸於不適之中。既然你會不舒服，當然要跟我躺在一起囉。」

這小子累歸累，腦筋還是動得挺快嘛。儘管這邏輯令人哭笑不得，我卻因為想不到該如何反駁而有些煩惱。這時，他已經整個人爬上床，一把將我拉了上去。突如其來的力道讓我反手撐著床鋪，勉強開口。

「但我還是不想。」

拉扯的力道驟然停下，不過，他的另一隻手已經搭上了我的肩膀。除了手上的強勁力道，他喃喃自語的肅殺語氣，也讓我感知到他不悅的情緒。

「『不想』，聽了真煩。」

我又苦惱了幾秒，要不要乾脆推開他，跟神智不清的他打一架算了？但我迅速打消了這個念頭，搬出我也累了作為藉口。

「我總要洗個澡吧？」

嘟囔般的回應，本是擺脫他的權宜之計。我打算拿洗澡當藉口，自己跑去睡沙發，但他搭在我肩上的手直接把我拖了過去，導致計畫就此泡湯。啪啦，我毫無預警地被砸進床墊，他立刻壓了上來，把臉埋進我的頸項。

「沒關係，你的味道很香。」

我再次擺出臭臉。就像他說的，我現在跟他躺在一起確實很不舒服。香？香個屁啊。在外面待了一整天，應該有汗臭味吧。這時我才意識到，他剛才洗過澡了，身上有股香噴噴的味道……幹，我到底在想什麼啊？我被自己的想法嚇了一跳，一邊在內心咒罵著，同時又不自覺地吸了一口氣。

淡薄的香味撲鼻而來。那是某人剛洗完澡的、涼爽而怡人的味道。那味道並不特別，是大家一定都聞過的、常見的洗髮精香味。也不知道是不是這個原因，他身上平凡的味道不會令人抗拒，就如同凌亂的屋內能帶給人一種舒適放鬆的氛圍。我一時有些恍惚，忘了應該掙脫再次把我當成抱枕、從身後環抱住我的他。為了掩藏這種詭異的心情，我故意開口挑釁。

「你的嗅覺也發神經了嗎？」

「原來你還知道嗅覺啊？」

當我是笨蛋嗎？我勃然轉頭，卻因一股熱氣碰觸到耳際而停止動作。還來不及警告他說「喂，離我遠一點」，他帶著睏意的呢喃便自耳邊傳來，激起一股微微的癢意。

「你知道嗅覺是最原始的知覺嗎？就連細菌這種單細胞生物也有嗅覺，這也是人類胎兒最先發展成熟的知覺。從母親肚子誕生的嬰兒，僅仰賴氣味來分辨與尋找食物，並刻下最初的記憶，藉此判斷自己身邊的人是誰。」

他的聲音有些慵懶。

「如果不是聞到好聞的香味，而是熟悉而親近的人的味道時，更能夠安穩放鬆。」

我感受到他在我背後深吸一口氣，身體逐漸放鬆下來。就好像聞到了我的味道，讓他沉浸在舒適之中。而那種感覺彷彿會傳染似的，透過他溫暖的擁抱傳了過來。熟悉而親近，明明知道應該沒有別的意思，但這好似套在自己身上的形容卻讓我感到抗拒。自己本該更用力地推開他，被禁錮的身體和逃避的心態卻讓我沒能那麼做，只好假借要回嗆他的胡言亂語而開口。

「你的味道聞起來一點都不舒服。」

「你才會那樣覺得。」

「什麼……很癢，你走開。」

我扭動肩膀，試圖躲開他湊近的臉，剛感覺溫熱的嘴唇湊到我的肩膀旁邊，他就隔著衣服狠狠咬了我一口。

「啊！媽的，你在搞什麼？」

儘管不是很痛，我卻因為太過驚訝，反常地被嚇了一大跳。

「讓你不舒服。」

本來想問他到底在鬼扯什麼，他不久前的詭辯卻莫名在腦海浮現。

——你不是說自己必須贖罪，不能過得太舒服嗎？所以你才會故意不追尋快樂，讓自己被迫沉浸於不適之中。既然你會不舒服，當然要跟我躺在一起囉。

我不耐煩地想推開他，但他似乎發現了我的掙扎，倏地收緊了環抱著我的手臂。

「你總有一天也會覺得我的味道聞起來很舒服。」

「你身上只有常見的洗髮精的味道。」

「怎麼可能？你應該知道我的味道吧。」

有什麼特別的味道嗎？我翻找著記憶，然後火速放棄。

「你不是連香水都不噴嗎？」

我聽見他在背後輕笑一聲。感覺他不是普通地睏，連笑聲都帶著些許疲憊。可一個疲憊的人說出的話，反而讓我瞬間清醒過來。

「下次我會射在你臉上，讓你清楚知道我的味道。」

射？射什麼……

「喂，幹。」

咒罵的同時，我試圖推開他爬起來，只不過馬上就被猛然壓住我肩膀、如怪物般騎上來的他壓制了。我本就被他從背後環抱，處於相對不利的位置，但如此懸殊的實力差距還是令我啞口無言。

他低頭看著我夾雜著煩躁與傲氣的眼睛，無聲地笑了。看著他帶著笑意的黑色瞳孔，我忍住即將脫口而出的更多辱罵。他的眼神明明慵懶又疲憊，卻又透出毫無感情的冰冷，令我一時之間有些毛骨悚然。片刻過後，只聽他小聲警告。

「要現在就做，也不是不行。」

我咬緊牙關想掩飾慌張，強迫自己平淡地回應。

「睡你的覺。」

「好吧。」

「……」

我簡直無言以對，而他已經躺回原本的位置，繼續從身後環抱著我，輕拍著我的身體。接著，他對我哄道。

「睡吧。」

我原本打算睜眼熬過一夜，中途卻不小心睡著了。既然躺在一旁、環抱我的他，一閉上眼睛就發出平穩的呼吸聲睡著了，我應該趁機抽身才對。可是只要我有任何一點動作，他就會神準地發現並咕噥著「要做嗎」。

他沒說要做什麼，我還是起了一身雞皮疙瘩，並放棄了逃跑的念頭。感覺這小子真的會說到做到，他完全有辦法睡到一半醒來，把性器弄硬，然後塞進我嘴裡再射出來。我當然不可能乖乖就範，但睏意啃蝕著我疲憊不堪的神經，我實在沒有多餘的精力來應付他了。最後，我只能閉上眼睛，隨著身後傳來的淺淺呼吸一同陷入沉睡。

這是我第二次在他床上醒來。不過，依舊不是自然清醒。灼熱的癢意自下腹隱約傳來，那是但凡男人都一定十分熟悉的感覺。晨勃固然天經地義，可伴隨著如此急促的呼吸，卻是生平第一次。

「……哈啊。」

我不自覺發出輕喘，正想挪動身體，才發現自己的手臂被壓住了。神經病側躺在我身後，緊貼著我。他的一隻手臂掀起鈕釦被解開的襯衫，勾在我的腰間。接著，他的另一隻手伸向我不知不覺被脫掉褲子的腿間，開始搓揉我的性器。

我在逐漸急促的喘息之間，勉強用沙啞的聲音發出抗議。正舔咬著我後頸的他，彷彿終於等到機會，收緊了環在腰間的手。

「喂……」

「怎麼了？」

他的嘴唇沿著脖頸一路舔吻至耳垂，一派輕鬆地反問，同時加快了手上的速。在睡夢中已然興奮起來的身體，在他的動作下越發無力。

「媽的，你在做什麼？」

我勉強扭過肩膀嗆他，但那微弱的一擊根本不可能奏效。一覺醒來已經恢復正常的神經病，厚著臉皮回答。

「我在讓你舒服。」

「誰說、呃、舒服了……哈啊。」

他用力掐緊我的性器，猝然降臨的疼痛與酥麻的快感蔓延至下腹。我閉上眼睛，腰部不住向後掙扎，卻更清楚地感受到他的欲望正頂著我的屁股。同一時間，股間亦傳來一陣黏膩的濕潤。他該不會……趁我睡覺的時候射在我身上了吧？不過，從我口中溢出的，就只有承受不住快感的呻吟。

「哈啊、哈啊……」

「如果不舒服的話，不是正好嗎？」

他加快手速，繼續笑著說道。

「你不是想要不舒服嗎？還是你覺得舒服？」

他的提問夾雜著濕潤的摩擦聲。我的性器被自己分泌的體液弄濕，在他快速套弄的手中充血發燙。

「說說看，我幫你的感覺如何？你應該快射了吧，你的性器燙得像是快要爆炸一樣。」

——啾。

「而且還非常柔軟。」

低沉的聲音與舔弄耳朵的舌頭一起鑽進耳中。黏膩的水聲如同搧風點火般，瞬間點燃了我內心的欲望。但他握住我腫脹性器的手忽然停了下來，原本在體內蠢動、逐漸高漲的快感，在他刻意的動作下戛然而止。

「呃……」

我不自覺抓緊了他的手腕。欲求得不到滿足的身體微微顫抖，他按住頂部不讓我射精的手指，讓疼痛更加劇烈。

「……放手。」

身後的他，理所當然聽見了我夾雜在喘息中的要求。耳後溫熱的嘴唇發出一聲輕笑，在皮膚上帶起一股隱約的戰慄。緊接著，視線忽然一陣搖晃，他伸手把我拉了過去，直接將我推倒在柔軟的床鋪上。與此同時，他的手並沒有放開我的性器，還用膝蓋撐開了我的雙腿。

我尚未意識到發生了什麼，他已經跪在我分開的雙腿間，厚實的手掌扣住了我的腰，讓我被迫將腿不舒服地跨在他的腰部兩側。而更大的問題是他的另一隻手——我被按住而無法射精的性器，支配了一切感受。

「媽的……哈啊，你放手！」

我咬緊牙關扭過上半身，但無論怎麼掙扎，平時就無法撼動的手臂，在這種姿勢下更是固若金湯。隨後，他把我的手拉到了另一個地方——即便看不見，我也了然於心的地方。指尖觸碰到發燙而堅挺的肉棒，他從上方俯視著我，命令般開口。

「握住。」

與平時無異的聲音，似乎比他的性器還要炙熱。我皺眉仰望著他，胸口不受控制地快速起伏。他抓著我毫無動作的手，強迫我握住他的性器。那一刻，他的眼神驟然閃過一絲不易察覺的暗色，彷彿欲望終於得到滿足的低喘自上方傳來，他再次開口命令道。

「幹，快點動起來。」

接著，他放開牽引著我動作的手，再次按住我的腰，俯身朝我靠近。

「你的猶豫只會被我解讀為一種意思——你太喜歡我的肉棒了，所以捨不得摸。」

他勾起嘴角，再次收緊握住我性器的手。

「——哈！」

我不由自主地弓起腰，疼痛夾雜著快感倏然襲向大腦，他卻迫不及待地繼續發號施令。

「快點，你不是也想射出來嗎？你就當作是自己在打手槍，動起來。」

哈啊，哈啊……是無法射精的痛苦過於強烈嗎？我閉上眼睛，手不自覺地隨著他的指令開始動作。彷彿要對我聽話的表現給予獎勵，桎梏性器的力道漸漸消失，就像被堵住的呼吸倏然暢通，我張開嘴發出一聲喘息，快感亦隨之再次湧上。若要為此感到慌張後悔，或許已經太遲了。逐漸被欲望融化的大腦，根本無暇顧及不屬於我的粗長性器正來回在我跨間磨蹭。我只能閉上眼睛，讓令人心癢難耐的興奮將我徹底吞噬。我手上的動作越發迅速，快感便會越發強烈地襲來。我挺著腰，不由自主地發出呻吟。

「哈啊……呃，哈……」

隨後，在我性器上擼動的手停下動作，只見他身體前傾，一股不屬於手掌的熱意倏然自下腹傳來。當快感再次襲來，我才發現觸碰到性器的並不是手，而是其他東西。不知何時，他好似嫌棄我不夠賣力的動作，反手握住我的手掌，一口氣將兩根性器包裹其中。毫無隔閡的肉體緊緊相貼，炙熱的性器相互磨蹭，原先單調的刺激被更加讓人難以把持的欲望覆蓋，高潮將臨的快感瞬間在頭皮炸開。

滋——滋——

兩人硬挺的欲望被黏膩的液體弄得一片濕滑，每次磨蹭都發出令人耳熱的水聲。勃發的性器在掌心變得越發滾燙，在我感覺快要射出來而微微挺腰時，頭頂上傳來了一句命令。

「睜開眼睛。」

大口的喘息在屋內迴盪，我吃力地睜開雙眼，望進他晦暗不明、帶著隱約熱意的眼睛。他俯視著我，伸舌舔了舔乾渴的下唇，像隻獵物近在咫尺的野獸。持續盯著我看的眼神逐漸被欲望染黑，抓握腰部的手不住用力。看著他被欲念充斥的瞳孔，胸口因即將到來的高潮急促地上下起伏，我再次緊緊閉上雙眼——不，是我不得不那麼做。

「哈啊，哈啊……呃……呃！」

下腹與大腿痙攣般顫抖，縮動的頂部流出乳白色的精液，一半弄濕了他的手，另一半滴落在我的肚子上。比起液體帶來的溫度，那刺鼻的氣味率先昭告了自己的身分。身體又微微顫動片刻，我才發現自己的手仍在動作。非是源於我的意志，覆蓋其上的另一隻手逼迫著我。宛如使出全力進行短跑衝刺般，狂跳的心臟在體內怦然喧囂。

雙眼再次睜開，他的臉透過模糊的視線映入眼中，那張臉讓我彷彿再也感受不到自己的心跳。性感皺起的眉頭、微微張開低喘的嘴唇。他抓著我的手又繼續擼動了好一陣子，直到他的性器終於和我一樣吐出溫熱液體，他才饜足般暫時闔上雙眼。那心滿意足的輕嘆，一直在我耳中盤旋迴盪。

我靜靜躺著，凝望著他很快又再次睜開的眼睛，感覺他似乎慵懶地笑了一下。不過，這股平靜並未持續太久。他低頭俯視自己被兩人的精液沾濕的手，將手伸向了我的雙腿之間。黏膩的手指一碰到我的後穴，我整個人霍然清醒過來，昏沉感蕩然無存。

我的身體瞬間僵住。他發現了我的異常，卻絲毫不予理會，只是挪動著另一隻手，穿過我被迫張開而彎起的膝蓋，抬起了我的腿。我慌張地想撐起上半身，但毫無預警侵入體內的手指，讓我的身體再次動彈不得。在濕黏精液的幫助下，一口氣插入兩根手指的他，一邊在裡面探索著，一邊繼續深入。

「呃！別……」

撇開被撐開的脹痛不說，異物入侵的感覺讓我全身僵硬如木。

「放輕鬆。」

他嘴上說得輕鬆，手指卻強行在我體內擴張。

「媽的……」

我咬牙罵出髒話，掙扎著抬起目光。只見他瞇起眼睛，任由自己的手指在我的後穴恣意攪動。

「別擔心，我會算準拍攝時間放你走的。」

與此同時，我發現即使已經射過一次，他的性器依舊尺寸不減、昂然挺立。透過他聲音裡掩藏不住的興奮，我意識到他是真的想做。果然不該讓他睡的，一覺醒來的他，似乎控制不住已然恢復的體力，脹大的龜頭泛著讓人戰慄的水光。

「你要我……呃……怎麼相信？」

彷彿尋找著什麼，手指在我身體裡翻攪的他，這才停下動作抬起目光。有別於平時的瘋狂，另一種失去理性的眼睛頓時讓我內心一沉。只見他平靜地開口問道。

「為什麼不相信？」

隨著他停下動作，終於能喘口氣的我深吸一口氣，艱難開口。

「你是連自家公司的招牌明星都能拉下臺的……嗯，幹部……誰知道你會、呃……會不會對我這個只來兩個月的菜鳥信守承諾？你的目的只是跟我上床……」

我忍不住閉上眼睛，努力適應後穴的不適。當我終於因他放緩的動作稍微習慣疼痛後，才再次堪堪維持冷靜與他對視。

「……說不定你幹完，就會暗中把我處理掉，像你對車中宇做的一樣。」

他眼底的興奮和笑意瞬間消失。很快地，我感受到原本在體內摩擦的手指緩緩抽了出去。隨後，他濕潤的手指伸到了我的肚子上方，漫步似的在肚臍周圍打轉。

「你說清楚。」

他的眼睛不帶任何感情，嘴唇卻溫柔地露出微笑。

「你只是想逃避剛才的狀況，還是真的認為我會從背後捅你一刀？」

「兩者皆是。」

我這麼說著，一邊用手肘稍微撐起上半身。視線一靠近，我立刻產生了一股隱約的恐懼——那是對方可能真的會殺了我的畏懼。但我還是繼續直視著他，沒有挪開目光。意外的是，他往後退了。也不知道在開心什麼，他的嘴角忍不住露出淺笑，喃喃自語道。

「真令人頭痛。」

「什麼？」

「你看起來還是很漂亮。」

聽見用來形容女生的詞彙，我不自覺地皺起眉頭。不過，他似乎認為自己的想法很有趣，再次噗嗤一笑，低頭湊近我被他勾住的雙腿間。意識到他要做什麼後，我試圖將腿合攏，他的嘴唇卻先一步貼上了我的肌膚。

啾。

如同吸吮般吻著我大腿內側的他，輕柔地將我的腿放下。隨著他緩緩退開，我此前被迫張開的腿終於得以併攏。

「我只會在一種情況下，從背後捅你一刀。」

他離開床鋪，語氣淡漠地說著。

「那就是你完成復仇，想從我身邊逃跑的時候。」

他赤裸著身體轉向我，仍然挺立的性器映入眼簾。我努力迴避目光，抬眼看他。

「還有，幹你當然是我的目的。不過，如果我的目的只有幹你，就不會只站在這裡流口水了。」

我再次不由自主地垂下目光，瞥向他勃起的性器。

「如果不只是那樣，還有什麼？」

我努力抬起一直忍不住盯著他下半身的視線，淡淡問道。與此同時，一種不舒服的感覺猝然在心中蔓延開來。為什麼他的話語和興奮的性器，會讓我心跳加速？

「不知道。」

突然聽見的回答，讓我抬起頭來。他剛才是大言不慚地說了「不知道」嗎？只見他走向浴室，一派輕鬆地繼續說道。

「車中宇的事情，等我洗完澡出來再跟你解釋。要是現在不沖個冷水澡，幹你恐怕會成為我唯一的目的。」

他走進浴室後，我才發現自己正用一個很呆的姿勢坐在床上。赤裸的身體僅披著一件襯衫，但鈕釦全被解開，毫無遮蔽效果。而且……當我脫下襯衫時，才發現鈕釦都被扯掉了。這小子難道不會解鈕釦嗎？

我在他家的另一間浴室洗完澡，只穿著褲子走出來時，他已經坐在客廳的沙發上了。正在看著某樣東西的他，頭也不抬地問我。

「肚子餓不餓？」

我沒有回答，而是看向牆上的時鐘。早上七點二十分，原來也沒睡多久嘛。但不知為何，感覺舒舒服服地睡了一覺，還睡得很飽。片刻過後，我倏然意識到這種想法令人不甚愉快，便努力將之從腦海中抹去。睡在神經病旁邊，到底舒服個屁啊。而且一醒來，就被他徹底榨乾了精力。

「你不上班嗎？」

我坐到他身邊，濕答答的頭靠上了沙發的靠墊。我暫時闔上雙眼，直到他的指尖輕觸到我的臉頰，我才倏然一驚，嚇得睜開了眼睛。他的手拂過臉頰，撥弄著我潮濕的頭髮。

「要幫你吹乾嗎？」

「我問你不去上班嗎？」

「是我先問你的。肚子餓不餓？」

這才發現，自己沒回答他的第一個問題，但認輸般的心情讓我沒有立刻回應，而是撇開頭咕噥。

「還好。」

「但還是吃一點吧，我們可以一起出門吃個飯，再去上班。」

他看著時鐘擅自安排好行程，又忽然強硬地說道。

「我不搭地鐵。」

「為什麼？怕地鐵首班車還沒開嗎？」

他嘴角勾起竊笑。即使已經習慣他笑起來的樣子，我依舊忍不住看向他。

「不，我擔心如果忍不住在地鐵上扒光你的衣服，你會害羞。」

那樣反倒還比較有趣，因為我就可以把你當成變態，送你進警局了。本想這樣回嘴，但我的目光卻瞥向了他手上的劇本。那是漢洙借給我的、我昨天看到一半的那本。發現我的視線後，他也跟著放低目光。

「告訴你一件有趣的事吧？車中宇也鎖定了這部明年要翻拍成電視劇的作品。確切來說，他是少數有望成為主角的演員之一。」

「那你為什麼想除掉他？」

我想起在錄音檔中聽到的、車中宇前經紀人的聲音。他在說到「中宇」和「仲介」時，提到了奇怪的「銀」和「飾」，如果我沒猜錯，他說的其實是「尹理事」，擺明是在向他告知自己正在錄音。所以這些事都是尹理事要他做的。我本來想不透神經病為何要摧毀公司的重要資產，他卻非常輕易地給出了答案。

「因為他想逃跑。」

霎時間，這個詞彙和他在臥室說的「逃跑」隱隱交疊，讓我頓感一陣驚慌。而他繼續接著說道。

「他的合約只剩下六個月，卻被我發現他擅自跟其他經紀公司接洽。畢竟車中宇是大牌演員，合約快到期的時候，其他公司會接觸他很正常，問題出在他是真的想跳槽。」

「所以與其讓他成為別人的商品，不如摧毀他？」

我緩慢開口的語調有些生硬。不過說也奇怪，起初發現他是車中宇事件的幕後黑手時所感受到的憤怒與無言，似乎一天過後就完全消失了。聽見我的疑問，他稀鬆平常地點了點頭。

「那當然，他在我們這裡是商品，但要是跳槽到別人那裡，就會變成令人頭痛的垃圾。」

「……」

「幸好車中宇連把他拉拔到這個地位的經紀人也想拋棄，不用我刻意拉攏，就能輕鬆搞定。」

我猛然想起現場經紀人一開始說的話——當車中宇質問自己的經紀人是不是犯人時，他反擊說「背叛的不是你嗎」。原來是這樣啊。不過，我還是搞不懂，車中宇又不是普通藝人，他是頂級明星耶？

「比起摧毀他，說服他續約不是比較好嗎？與其重新栽培一個頂級明星，不如……」

「重新栽培一個比較划算。」

他打斷我的話，如同向孩子解釋般，露出親切的笑容。

「藝人是被打造出來的。除開天生的巨星，其他都是由我們一手打造。他們不過是如同王子公主般的傀儡，只有大眾想看見的光鮮亮麗模樣會出現在螢光幕上。車中宇等級的頂級明星？我敢保證，兩年內我就可以把你捧到那個位置，因為這樣的傀儡在這個圈子裡多的是。但不清楚這點，又沒長腦袋的傢伙，時常會不小心忘記自己的處境。明明只是個傀儡。」

指稱無生物的「傀儡」一詞聽來冰冷，我發現他根本沒有把旗下藝人當人看，不，或許被他視為部下的其他人亦然。我忽然有點好奇，那他把我當成什麼呢？不過，我立刻意識到這是個毫無意義的疑問，因此打消了念頭。

「指派車中宇前經紀人錄下的證據，是你散布的吧？而且還故意牽連到和明新有關的員工。」

「骯髒事不是非要我親手做吧？」

他一舉兩得似的聳了聳肩。

「其實也不一定要是宋明新，只要說是能摧毀車中宇的資料，就算交給其他演員，大家也會爭先恐後地爆料。但我想，既然有機會，可以藉此把宋明新也牽扯進來，順便處理掉——如果你沒有站出來，說要自己復仇的話。」

「你想把爆料當成處理明新的機會嗎？」

「嗯，一部分是，而且時機也適合。畢竟要在車中宇被警方傳喚前爆出來，才能拋出有趣的獵物給記者。」

有趣的獵物。指的是必須到警局出面的車中宇吧。

「想讓話題延燒，至少每兩、三天就要爆出新料，那樣車中宇才會像狗一樣瑟瑟發抖。不過，我並沒有期待藉由這件事徹底除掉宋明新。」

他又接著咕噥。

「嗯，但還是可以剪掉一根小樹枝。」

雖然想問他那是什麼意思，我卻提起了另一個問題。他連車中宇都可以一口氣摧毀，卻覺得宋明新更難對付嗎？

「是因為明新背後有金會長嗎？」

「喔，你不用管他。」

「……」

「笑什麼？」

我笑了嗎？當然會笑了。

「聽起來像是你在擔心我。以一個主要目的是幹我的人來說，非常擔心。」

原以為接下來聽到的，會是符合神經病風格的回嘴，他卻只是沉默。隨後，他忽然站起來，簡短留下一句話便轉身離開。

「準備出門。」

什麼？就這樣？幹嘛表現得像是你慌了？直到他「匡」一聲關上門，消失在房間中，我才發現這是自己第一次鬥嘴贏他。但我一點也不開心，不，反而覺得更不爽了。他無法反駁的反應，讓我的心臟又不受控制地亂跳了起來。

沒想到居然一早就飲食過量……我在順暢行駛的高級轎車上，望著窗外飛逝的風景，專心地深呼吸，安撫著自己飽脹的胃。這都是神經病害的。他看到我在早餐自助吧盛裝的食物份量後，出言嘲笑刺激我，害我連吃了好幾盤。

他自己明明在吃飯過程中，一直和別人講電話，根本沒有認真吃。儘管通話內容全是我聽不懂的英文，還是能感受到他談得不是很順利，正在向對方發脾氣。他昨天說晚歸是為了等待來自美國的聯繫，是那件事不順利嗎？

掛斷電話後，他在前往公司的路上一語不發，只是專心開著車，但車內並沒有因此陷入寂靜。不知道是哪個歌手，車載音響持續播放著同一個人的歌曲。因為中間穿插了一首耳熟能詳的流行歌，我猜測應該是個知名歌手。即將抵達公司前，他在路口的紅燈前停下，而我主動開口。

「在那前面停車吧。」

「為什麼？」

你是不知道才問的嗎？我無言地轉頭看他，而他瞥了我一眼。

「如果你害怕被人發現和講閒話，人來人往的街道更危險。」

綠燈亮起，車子繼續往前行駛。

「好喔，公司的地下停車場就很安全。」

「有什麼關係？要是被公司的人看到，只會以為我在路上順道載你一程；要是放你在公司附近下車，反而會被人懷疑我們有鬼，才需要躲躲藏藏。」

聽他這麼一說，好像很有道理。果然一開始就不該坐上這輛車的。我感到有些後悔，他卻忽然調高歌曲的音量。此時一首歌剛好播完，而新的一首正要開始播放，我忍不住開口問道。

「你喜歡這首歌嗎？」

「沒有。」

他回答得非常果斷，讓本來只是隨口詢問的我，內心也開始充滿好奇。當然，他的表情也是我好奇的原因之一。隨著歌曲播放，他不知道在想什麼，嘴角勾起微笑，然後忽然沒頭沒腦地問我。

「還沒讀完嗎？」

發現他指的是我膝蓋上的劇本後，我點了點頭。

「還剩一些。」

「讀完以後，也去看看原作吧。」

「……」

「那部作品是公司的重要企劃，許多演員都想參與。」

嘴上說是重要企劃，但奇怪的是，我感覺他卻一副事不關己的樣子。這是為什麼？

當我正感到訝異，卻聽見他繼續說道。

「尤其是宋明新。」

接著，他好像想起了什麼，用帶著笑意的眼睛看我。

「當然，你大概也是吧。」

他輕易說出我內心所想，讓我的心頭倏然一涼。

「……我沒有那樣講過。」

「你是沒有直接講出來。但你當初說要接近『尹理事』，就等同於那個意思。你要找的不是別人，而是『尹理事』。按理來說，如果要向宋明新復仇，你不是應該先接近他的金主嗎？畢竟只要把他的金主搶過來就好了，可你卻看上了『尹理事』，因為你知道宋明新為了那部戲想接近我。」

就是這樣，我才覺得腦筋轉得快的傢伙都很難相處。因為無可否認，我只能愣愣地直視著他，而他又再次重複。

「你一定要去看原作。」

隨後，他冷淡地笑了笑，自言自語般繼續說道。

「知己知彼、未雨綢繆，就能百戰百勝。」

在我上樓前往每次與經紀人會合的小會議室前，神經病對我說出了奇怪的道別。

「十分鐘後見。」

我一邊納悶著為何是確切的十分鐘，一邊打開會議室的門。在裡頭迎接我的，是坐立難安的經紀人與漢洙。他們一看見我，立刻大叫出聲。

「泰民！你怎麼不接電話？」

「呃呃，聯絡不到你，我們超擔心的！」

電話？這時我才從口袋掏出手機，發現它呈現關機狀態。我心想「是沒電了嗎」，按下電源鍵後，亮起的螢幕卻顯示著電池充飽的圖示。咦？我應該沒有關掉手機啊。

而經紀人繼續委屈地訴苦。

「我清晨突然接獲通知，叫我們早上到公司集合，我打了電話給你，你卻沒接。我以為你還在睡覺，又重撥一次，就聽到你的手機關機了……泰民，你覺得我很煩嗎？」

我閃避著試圖勾住我手臂的經紀人，想起有可能關掉我手機的人——神經病這個臭小子。在我咬牙切齒分心時，漢洙勾住了我另一隻手臂。

「聯絡不到你，我們真的很擔心耶！」

「只是沒接電話，有什麼好擔心的？」

我推開漢洙，不耐煩地回應後，立刻聽見他們擔心的原因。

「當然擔心囉！萬一尹理事叫大家集合，而厚臉皮的你不在，我們該怎麼辦？」

他們擔心的不是我，而是自己吧。厚臉皮的我，果斷甩開試圖再次攀上來的兩人。

「你們當尹理事是怪物嗎？」

——雖然他的確是個神經病。

我在心裡咕噥著，就聽經紀人認真開口回應。

「如果他是怪物反倒比較好，那樣我就會尖叫著逃跑了。」

一旁的漢洙點點頭，接著說道。

「尹理事就是很恐怖啊，恐怖。」

我匪夷所思地來回掃視兩人。他好歹表面上笑臉迎人，有什麼恐怖的？

「沒什麼好怕的吧，他又沒有說要開除我們。」

接著，經紀人的手用力搭上我的肩膀，大聲呼喊。

「你這個笨蛋！你忘記在XXX市遇到尹理事的事了嗎？他可是若無其事把立陶宛的首都當成常識的人耶。」

「……」

「好吧，看你僵硬的表情，你也是現在才想起來吧。我們當時是託神經病的福，才好不容易逃過一劫；萬一見面時，尹理事又問了其他常識問題怎麼辦？我們簡直是在中餐廳抽屜裡滾來滾去、被直接丟棄也沒差的那種免洗筷！」

我為什麼要跟你們綁在一起，被湊成一雙免洗筷？我頓時竄起一股怒火。本來想坦言「其實神經病就是尹理事，就算他問了那種問題，我們也答得出來」，我卻堪堪忍住了。要是他們知道神經病和尹理事是同一人，可能會陷入更深的恐懼吧。

「把立陶宛當成例外就好。」

「例外？你覺得立陶宛的首都真的是常識嗎？」

「對。」

我點點頭，不情不願地向吃驚的兩人說明。

「那個國家有座朝鮮半島形狀的湖，對我們國家的人來說，的確有可能是常識。」

「蛤？」

「蛤？」

兩人同時發出愚蠢的聲音，證明了自己是一雙免洗筷。話說回來，現在沒空因為對尹理感到恐懼，就在這裡閒話家常吧？

「所以說，不用怕。」

我向愣住的兩人強調後，他們馬上面面相覷、眨著眼睛說了句「是這樣嗎」。可能是我的說法終於奏效了，只聽漢洙「啊」一聲，說起了某件事。

「對了，你聽說了嗎？我忽然想到，尹理事說不定真的是個平凡人。就是啊，聽說他前幾天早上搭地鐵上班耶。」

經紀人發出一聲驚呼。

「地鐵？」

而我在一旁瞇起眼睛。傳聞？難道說……

「而且還在地鐵上遇到公司的練習生，我的天啊。」

漢洙突然壓低聲音，皺起眉頭。

「聽說那個練習生下車時，故意在尹理事面前弄掉自己的東西，然後刻意到地下停車場等待尹理事，再纏著他賣弄風騷！」

等等，這到底是在說誰？我一時有些慌張，而經紀人立刻憤怒開口。

「不是吧，怎麼有這種狐狸精！」

「更驚人的來了，聽說那是個男人！」

「什麼？那就是……野狼精？他的經紀人到底是什麼人啊？居然把演員帶成這樣？」

——就是你。

「對吧？經紀人肯定也有錯。說不定那不是練習生自己的主意，而是經紀人故意唆使。真想見識見識那種經紀人底下的演員長什麼樣子。」

——就是你。

我這次也沒能說出真相。而激動的漢洙又補充了新的資訊。

「而且那個野狼精啊，唉，我真的很傻眼。聽說他在地下停車場見到的人可不只尹理事，而是趁社長也在的時候故意接近，在他們面前自我推銷了一番，大概是演了一場戲吧。哇，臉皮實在有夠厚，你不覺得嗎？泰民先生。」

「……」

默默凝視漢洙的我，腦中只剩感激——感激神經病說不搭地鐵。聽見他接下來說的話，我更加堅定了這份感謝。

「總之，因為這樣，這幾天不只是練習生，連新進演員早上都搶著搭地鐵。我的天，我今天早上搭地鐵來的時候，還有看到已經小有名氣的XXX跟○○○呢！」

「真是奇觀啊。」

聽見搖了搖頭的經紀人這麼說後，我問漢洙。

「你本來不是坐公車嗎？」

我這麼一問，經紀人也轉頭看向漢洙。仔細一看才發現，漢洙似乎打扮得和平常不太一樣，穿搭亮眼、髮型也整理得完美。被我們的視線嚇了一跳而僵住的他，悄悄迴避了目光。

「因、因為公車一直不來……」

我原本還猶豫著，是否要提醒他曾經炫耀過，從他住的地方開到公司的公車足足有六臺，後來又嫌麻煩而作罷。我想就此結束對話。聽見漢洙狡辯後，跟著一起罵公車的經紀人開始安慰我。

「泰民，你不用對那個野狼精感到生氣。嚴格說起來，你跟尹理事已經關係匪淺了，不是嗎？」

難道他知道尹理事就是神經病？我露出訝然的眼神看向他，他卻慈祥地笑著，輕拍我的肩膀。

「你跟尹理事肩並肩尿尿過，這麼珍貴的緣分哪裡找？嗯？」

開懷大笑的經紀人，已在不知不覺間忘了對尹理事的恐懼，開開心心地和漢洙一起走到門外。待在後頭的我沒有馬上跟著離開，而是苦惱著——我真的要自立門戶了嗎？

三天前早上聚集的人們，這次也齊聚一堂。在與之前相同的地點，明新、公司員工和朴室長已經率先抵達。當然，神經病也包含在內。但情況已經和當時完全相反。啪一聲，尹理事把文件夾丟到明新面前，抬起下巴指著剛進來的經紀人。

「這是他昨晚為了證明自己清白而提供的證據。」

「證……據？」

明新拿起文件夾，表情僵硬地說著。看來他還沒查出車中宇事件中與經紀人相關的內容，又或許是我隨口的一句話，讓他忙著尋找自己捏造的證據有什麼漏洞。因此，當他發現眼前的證據是車中宇續簽的合約時，臉上露出了極為詫異的神情。

「這是哪門子的證……」

正準備反駁的他，似乎在合約上看見了什麼，突然閉上嘴巴。這時才看見合約第一行寫到的、新經紀人的名字，他露出難以置信的表情，目不轉睛地盯著紙張。

「就是說啊，這是哪門子證據？請你親自說明一下吧。」

尹理事命令的不是經紀人，而是我。同一時間，明新也轉頭面向我。他一看到我，便笑著瞇起眼睛。他露出「啊，這才想到，你說過要向我復仇吧」的表情嘲笑我，緩緩轉過的身體釋放出顯而易見的殺氣。

「是啊，你願意說明嗎？李泰民先生。」

他在合約上看見經紀人的名字，應該已經料到我的說詞了，但他的眼神卻不顯驚慌。他給人的感覺和三天前……不，和兩天前不同，說不定是他面對我的心態改變了。在聽見我的目的是復仇後，他或許下定決心要認真對付我，畢竟若不做到這種程度，根本不可能把我除掉。不管怎麼說，明新肯定會將我視為即便渾身浴血，也會撲向對手的狠角色。於是，我也對他笑了。

「既然看到了，還需要說明嗎？你的腦袋那麼不靈光，臺詞哪背得起來？」

明新僅存的淡淡微笑驟然消失，他改用冰冷的語氣開口說道。

「閉嘴，你分不清楚在公共場合什麼話該講，什麼話不該講嗎？」

接著，他對著站在我身旁的經紀人撇撇嘴。

「你還真會帶新人。」

「有嗎?我還以為我帶得最好的是你耶。」

經紀人向前一步，指著仍在明新手上的文件夾。

「假設真的像你主張的，是我誣陷了車中宇，他應該不會接受我成為他的經紀人。」

明新似乎拋棄了在尹理事面前裝出的彬彬有禮，歪著頭說道。

「說不定車中宇是個蠢貨，沒發現啊。」

毫不猶豫的嘲弄，讓經紀人表情一沉。他露出比起生氣，更像悲傷的表情，凝視著明新。

「那跟了我這個經紀人好幾年的你，又該有多蠢?」

摻雜低聲嘆息的話語中，蘊含著經紀人對明新的惋惜。即使被明新那樣對待，他心中仍有些不捨，或許是想起了自己過去栽培的、那個善良的明新吧。也因如此，我先感受到的不是煩悶，而是不可思議。以前美好的感情，居然還在他心裡占有一席之地，並會在回憶時一同浮現?如果剖開他的胸膛取出心臟，感覺會看見如火焰般鮮明炙熱的血紅，而不是石灰般枯槁的灰白。不似雖與明新有過愉快回憶，此刻卻已空無一物，沒有任何感覺的、我的心臟。

「如果犯了錯就道歉吧，明新。」

經紀人突然呼喚明新的本名，往前踏出一步。

「就算鑄下大錯，只要誠懇道歉，終有一天會獲得原諒。」

這句話明明是對明新說的，我卻頓時感到一陣窒息。我的目光不由自主地瞥向經紀人挺身而出的背影。看著那件老舊而褪色的夾克，他的聲音好似從遙遠的地方傳來，在我耳邊幽幽迴盪。

「你可能覺得為時已晚，不會有人原諒你了，但不是的，一定還有最後的機會。所以去請求原諒吧，現在還來得及去道歉、去認錯。要是你連現在的機會都錯失掉……」

「適可而止吧，崔經紀人。你還沒改掉幼稚地對人說教的老毛病嗎？連現在的機會都錯失掉會怎樣？我就不是人了嗎？真是的。」

明新嗤之以鼻，搖了搖頭。

「你又在尹理事面前裝好人了。你不需要因為這次事情的發展對你有利，就在那邊洋洋得意。」

接著，他轉身把文件放回桌上。

「尹理事，我有點失望。這只能算是間接證據吧？都有實質證據和我的證詞了，難道只因為他成為車中宇的經紀人，就要放過犯人嗎？」

「如果不只是這樣呢？」

「不只是……這樣？」

「如果我有崔經紀人不是犯人的實質證據和證詞呢？」

「怎麼可能有那種東西？」

「你的意思是我在說謊嗎？為了崔經紀人？」

尹理事面帶微笑，指著經紀人。

「他有什麼了不起的？喔，對了——」

他將視線轉向我。那瞬間，我看見笑意在他眼底蔓延。

「說不定我會這麼做，是因為我想跟才來幾個月的練習生上床啊。」

他的笑容，讓現場陷入短暫的沉默。不過，明新嘆了口氣，馬上給出回應。

「當然，我知道不是這樣。我只是不敢相信有其他證據。」

明新說話的同時，一旁的經紀人也對著我耳語。

「居然說是因為想跟你上床？尹理事真會說笑。」

「……」

「嗯？你也被尹理事的玩笑嚇到啦？」

他輕拍著我的背，像在安撫我說沒關係。即使得到了經紀人的勸慰，我還是覺得有關係。神經病這個臭小子，居然在眾人面前鬼扯一通。不過，尹理事的玩笑緩解了肅殺的氣氛，明新也趁機放軟態度繼續說道。

「請告訴我證據吧，那樣我也會退一步。」

「只有一步不夠吧。」

「不夠嗎？我只是為了公司作證，難道還要為此負責嗎？」

明新勉強擠出笑容，聲音越說越小。令人意外的是，尹理事搖搖頭，消除了明新的不安。

「怎麼可能呢？宋宥翰先生，我不在乎你要不要負責，但如果這件事造成我的損失，那就另當別論了，我一定會徹底追究責任。」

——你蒙受了什麼損失？

大家詫異地望向他，而他接下來的說明，讓所有人頓時啞口無言。

「三天前在這裡集合時，我不是說過嗎？你們吵醒了我這幾年睡得最舒服的一覺，希望你們能給出像樣的解釋。但既然是錯誤的情報——」

「……」

「我的睡眠該怎麼辦？」

還能怎麼辦？我想不只是我，其他人也有同樣的想法吧。到頭來，他想解決這件事，純粹是睡到一半被吵醒很火大嗎？但他的語氣帶著濃濃的不耐煩，任誰也不敢提出「他是不是在開玩笑」的疑惑。

這時，尹理事向朴室長使了個眼色，朴室長隨即從口袋掏出手機，播放了一段錄音——那是夾雜著雜音的通話錄音。

『是我做的，是我偷偷錄下中宇……車中宇演員的醜聞，再偷偷把錄音檔賣給公司員工，導致檔案在網路上流傳。如果需要的話，我願意出示證據。』

這是我第一次聽見的聲音，但即便不說，我好像也知道是誰了——那是車中宇的前經紀人。而他說的話當中，有幾個字聽起來特別清晰——賣給公司員工。我實在無法不佩服地看向尹理事。他不僅策反了車中宇的經紀人，還同時讓明新付了用來收買車中宇經紀人的錢。

而且他還想利用這件事攻擊明新。想當然，明新看到能摧毀車中宇的證據，一定會立刻上鉤，以為自己賺到了，殊不知自己只是尹理事手中一顆無足輕重的棋子。看來想和神經病一樣做出如此瘋狂的行徑，頭腦一定要很好才行。在我進行令人不悅的感嘆時，手機傳出了朴室長提問的聲音。

『公司員工？你提供給誰了？』

霎時間，我眼角的餘光瞥見了兩人的微小動作。明新瞪大眼睛、緊握拳頭；與他要好的員工，則是臉色慘白地後退了一步。不過，他的腳才剛剛抬起，車中宇經紀人的回答就傳了出來。

『XX組的金代理。』

眾人的目光一致轉向那名員工。不知道是不是朴室長按下了暫停鍵，一陣宛如薄冰的沉默籠罩了現場。接著，那名員工開始顫抖，不可置信地咕噥。

「太、太扯了……明明說好要保密……」

隨後，他的身體劇烈一顫，慌忙地看向眾人，急忙開口辯駁。

「不、不是我，尹、尹理事，我沒有……」

而後他轉頭看向明新，抬起手指。

「是、是宋宥翰指使我……」

「你在亂說什麼！」

一句犀利的斥責打斷了員工的話。員工驚詫地張著嘴巴，直愣愣地望向明新。他的表情似乎對明新說出的話感到不可置信，而明新逐漸提高的音量，卻顯得更加不耐煩。

「你是為了拖人下水才說謊的嗎？我指使你？指使你什麼？你有證據嗎？」

「宥、宥翰，你、你在說什麼……你這是要背叛我嗎？」

「背叛？看來你覺得我們稍微有點交情，就想把我牽扯進去？別搞錯了，這件事是你做的耶？我只是出於信任相信了你的說詞，才會不小心誤會崔經紀人，莫名其妙遭到誣陷的可是我耶。」

喀啷一聲，員工撐不住顫抖的雙腿，伸手扶向旁邊的桌子。臉色發青、彷彿隨時都會昏過去的他，不知道是不是一時語塞，只能傻乎乎地張著嘴巴。明新先是冷冷看他一眼，才像要自證清白般，從員工身旁退開，面露驚詫地轉頭看向尹理事。

「他居然是犯人？連我也非常訝異呢，尹理事。」

「他看起來也相當震驚。他不是說是你指使的嗎？」

「沒有，我沒有指使他做那種事。」

果斷回話的明新咬牙切齒，彷彿下定決心般垂下目光。而趁機深吸一口氣的員工忽然大喊。

「請不要聽信他說的！是宋宥翰指使我的，這一切都是宋宥翰叫我做的！」

「我叫你閉嘴了！」

明新低吼著，整張臉扭曲得嚇人。那是我以前從未見過的明新。那並不是在模仿某位人氣演員，反而更像他一直努力隱藏的真面目。

「宋宥翰，你、你怎麼可以這樣對我？你在這裡站穩腳跟之前，我是多麼……」

「不要再亂講了，幹。」

「亂講？你聽完接下來這番話後，還敢這樣說嗎？付給車中宇經紀人的錢，你叫我付的那筆錢，還記得是在哪裡拿給我的嗎？我要去酒吧包廂跟你見面時，在包包裡藏了針孔攝影機。」

員工聲音顫抖，胸口不斷起伏，他緊抓著椅背，手指關節隱隱發白。

「哈哈，我就是為了防範這種事發生，預先錄影了，沒想到真能派上用場。宋宥翰，你想獨自全身而退？別搞笑了。」

員工臉色慘白地露出笑容，證據被揭露的驚慌和反將一軍的得意在臉上混雜成詭異的表情。一旁的明新雙唇緊閉、默不作聲，員工則朝尹理事的方向看了過去。

「您現在知道了吧？這一切都是宋宥翰造成的，是他指使我……」

「我叫你適可而止了。」

「什麼？你沒聽到嗎？我都用攝影機……」

「所以呢？」

奇怪的是，被指控是主使者的明新露出了冷靜的表情，轉頭望向尹理事。他的臉上甚至綻放著淡淡的微笑，與眼前於他不利的情況格格不入。接著，就在眾人感到詫異時，他繼續沉穩地主張。

「不是我做的，我是受害者。我上了他的當，被迫提供了崔經紀人的相關證詞。我認為尹理事會相信我的。」

「我為什麼要相信你？」

「因為……」

呢喃般的話語我聽得不甚清晰。其他人好像也沒聽懂明新說的話，不過正對著他的神經病似乎懂了。他露出一個大大的微笑，深邃的酒窩在頰邊浮現，閃爍著光芒的眼神同時銳利地看向對方。隨後，明新用更加清晰的聲音，把那個答案再重複了一遍。

——

「因為夢想企劃。」

明新一副已經解釋完畢、準備閉上嘴巴的樣子，但尹理事阻止了他。

「因為夢想企劃？這是什麼意思？」

「……」

「宋宥翰先生，請你說得詳細一點，我沒聽懂。」

他笑著說出的話，不只是明新，就連我也能聽出是明顯的謊言。即使他馬上搞懂了明新想表達的意思，還是刻意要他親口說明，就像在確認自己的推測是否正確一樣。

明新思索了一下，才稍微補充道。

「夢想企劃有可能被搶走。」

這個解釋我仍聽得不明不白，尹理事卻沒有多加追問。明新可能認定他被自己說服了，於是繼續自信地開口。彷彿稍早的煩惱消失後，局勢又再次倒向他這邊，他整個人散發的氣場也隨之改變。

「當然，會這麼說，是因為有人要妨礙尹理事個人在美國進行的投資。」

尹理事臉上的笑容消失了，他盯著明新，緩緩開口。

「妨礙啊……意思是那個老頭非要插一腳囉。」

「是的。」

對於尹理事的提問，明新爽快地給出答覆，並露出笑容。

「我從一開始就站在尹理事這邊，請尹理事一定要相信我說的話，不然我也只能跟您分道揚鑣了。」

他的最後一句話說得理直氣壯。那時我才終於明白，為何明新不介意在尹理事面前露出真面目。比起單純的虛與委蛇和賣笑勾引，他手上的籌碼才是關鍵——讓他能肆無忌憚露出真面目的底氣背後，存在著金會長的某種陰謀。那是什麼呢？夢想企劃不就是公司旗下的影劇製作單位嗎？而且居然連尹理事在美國的事業也要妨礙干預？我努力想釐清眼前複雜的情況，卻聽見尹理事緩緩開口。

「原來如此，宋宥翰先生是站在我這邊的啊。」

他再次彎起嘴角，冷漠地凝視著明新。

「那我也只能站在你這邊了。」

與他相視的明新臉上，綻放出勝利的笑容。

「謝謝，不愧是尹理事。」

聽見明新的讚美，尹理事轉頭看向朴室長。

「聽見了吧？宋宥翰先生跟這件事沒有任何關係，這次的事情，就以懲處金代理作結吧。」

聽見那番話的金代理一邊大喊著「這實在太離譜了」，一邊被朴室長拖著離開了會議室。看著逐漸遠去的他，我忽然懂了神經病說過的那句話——即使無法除掉明新，還是可以剪掉一根小樹枝。原來他就是那根小樹枝啊。兩人離開後，門再次關上，現場又陷入一陣尷尬的沉默。明新好像對於尹理事的退讓感到十分得意，對著我和經紀人冷嘲熱諷，一副「就算你們使出渾身解數也鬥不過我」的樣子。

「崔經紀人，你要我趁還來得及的時候道歉對吧？對不起，我曾經認為是你故技重施。來，既然我已經道歉了，你願意原諒我吧？」

他望向面色凝重的經紀人，笑容變得更加燦爛。

「下次見面時，我招待你一頓吧，我一定會好好招待你。」

彬彬有禮的語氣背後，任誰都聽得出來是「下次肯定弄死你」的意思。接著，他恍若視我為無物，轉身面向尹理事。

「能找出犯人真是太好了。還有，既然話都說到這了，如果尹理事不介意的話，我想幫忙安排一場飯局，有人非常想見尹理事。」

「這樣啊？」

笑著反問的他，爽快地一口答應。

「我正好也想見他一面，決定好時間再告訴我吧，我請客。」

「好的，他一定也會很開心的，畢竟他喜歡交朋友。」

「那真是太好了。」

尹理事淺淺一笑，忽然轉頭看向我。

「既然他喜歡交朋友，兩位也一起去吧。」

發現這是對我和經紀人發出的邀約，明新飛速轉頭瞪向經紀人。

「感謝尹理事的邀請，但崔經紀人可能會排斥。」

明新露出「難道不是嗎」的眼神，瞪著經紀人繼續說。

「崔經紀人不想遇到的人，就在那個人手底下工作。」

儘管沒有指名道姓，但看見臉上頓時失去血色的經紀人，我立刻就知道他說的一定是瘋狗。

「崔經紀人，我沒說錯吧？」

「……是。」

可能是想起了對瘋狗的恐懼，經紀人勉為其難地小聲回答。心滿意足的明新改看向我，對尹理事說道。

「那個場合可能不適合練習生參與，不一定要找……」

「李泰民先生，你不去嗎？」

他打斷明新的話，直接詢問我。這是我進到這裡之後，第一次與他四目相交。與此同時，我搖了搖頭。

「不，我會去。」

接著，我看向皺起眉頭的明新，表達了謝意。

「感謝邀請，我很樂意參加。」

移動到片場的路上，大部分都是漢洙在找話題閒聊。經紀人藉口要專心開車，只偶爾給予一兩句回應，不過從不時露出的黯淡表情來看，他似乎還在想明新的事。而我腦中也思考著早上的事，但比起明新，我更在意神經病。

如果金會長能妨礙神經病的事業，不就表示神經病終究得聽金會長的話嗎？或許他和表面上不同，為了贏過對方也付出了許多努力。不，他沒日沒夜地工作就是證據吧。第一次見面，他就是加班加到一半跑到天臺，還在愛麗絲安排了一間辦公室，一直埋頭工作。只是他的努力被自信掩蓋，導致我一直沒有察覺。

即便他一直在我眼前，這依舊讓我感覺自己好像發現了他的另一面。就連我也沒辦法像他那樣不分晝夜地一直工作。或許是基於這個緣故，儘管擔心他與金會長的事，但我相信他終將贏得勝利。並非因為他是充滿自信的神經病，而是他為此付出了極大的努力。

在搖搖晃晃的車內，我把沒有臺詞的自殺劇情仔細閱讀了好幾百遍。儘管一直有雜念干擾，但專注久了，便不知不覺在某個瞬間，感覺自己獨自佇立於半空中。在雪白而空蕩的空間內，布景被一一擺入。天臺的灰色水泥地面、築於邊緣的及胸欄杆。匡一聲，鐵門在身後關上，背景僅剩一片天空。

好了，可以赴死了。

身體從空中墜落的瞬間，某人的聲音如同敲碎玻璃般，敲碎了那個空間。

「泰民，你不下車嗎？」

抬眼一看，我們已在不知不覺間抵達了片場。

比原定計畫多拍攝的一場戲，是我飾演的朋友走上天臺前，在辦公室結束工作走出來的畫面。鄭製作人遞出新的劇本，解釋朋友一角的戲份加重，所以額外加了一場。但我不太懂，自殺前在辦公室收拾工作的劇情，到底哪裡重要了？

幸好演起來不算太難，臺詞也很簡短。穿著整潔的白襯衫、打上俐落的領帶，再披起平整的西裝後，用髮膠固定髮型。劇組給的道具眼鏡戴起來有些彆扭，在我準備就緒走出化妝間後，人們的目光紛紛聚集過來。我正要走向劇情場景裡的辦公桌時，發現經紀人與漢洙正專心凝視著某個方向。

他們視線所及之處，是正在辦公桌旁和鄭製作人交談的某位女性。經紀人和漢洙交頭接耳，等我走近後才轉過頭來，而後兩人不約而同地瞪大雙眼愣住了。我納悶地轉頭朝身後一看，他們卻像忽然看到什麼新奇的東西一般，上下打量著我。

「哇，簡直判若兩人耶，真不是蓋的。」

漢洙發出感嘆後，經紀人得意地咧嘴一笑。

「我就知道。泰民，因為你的長相沒有帥到非常有特色，所以能夠駕馭各種風格。啊哈哈，我果然有眼光。」

「就是說啊，整個人的感覺都不一樣了，看來不要太帥很重要。」

「對，要像泰民一樣只有一點點帥，造型後的效果才會特別明顯。哈哈，是不是很棒啊？泰民，因為你只有這麼一點點帥。」

「……」

喀噠，喀噠。

兩人同時退後，而經紀人緊張地開口。

「大、大家都在這裡……你要揍我嗎？」

我是真的想揍下去了。不過，當我聽到某人的呼喚而原地轉身後，經紀人與漢洙立刻在後頭天真地送出「嘻嘻，加油」的祝福。我不禁懷疑他們是不是根本樂在其中，一邊走向場景裡的辦公桌。鄭製作人將劇本遞給年紀與我相仿的女子，並與她開口交談。

像我一樣身穿工作套裝的女人，負責飾演準備向下班離開的我短暫搭話的公司同事。鄭製作人根據動線與攝影機，一一伸手指出必須停下來交談的位置。我聽著兩人的談話，在劇本上確認了她的臺詞。

「金次長，你明天下午會去XXX廠商吧？請問你幾點會去呢？我剛好也要過去。」

那我只要確認好時間，再直接走出辦公室就好了。我的臺詞僅有一句「四點」，除此之外，只要坐在座位上收拾工作就好。如同稍早和女演員說明的內容，鄭製作人告訴我動線後，為了方便取景，讓我率先坐到座位上。

在拍攝了一段時間後，眾人才第一次停下動作。我發現她的臺詞雖然簡短，動作卻非常自然。如果只看這一幕，她其實跟臨時演員沒兩樣，我還以為她應該沒什麼演戲經驗。正當我有些困惑時，她趁著調整攝影機的期間，靠在隔板上對我說道。

「你真的才開始演戲兩個月而已？」

「對。」

「以新人來說，這個角色的戲份滿吃重的，你不緊張嗎？」

「不緊張。」

「你成為演員以前，是做什麼的？」

「一定要回答嗎？」

我木訥地回應後，她忍不住笑了出來，露出安心的笑容。

我剛想起賢俊就是飾演電影主角的演員，就聽她繼續說道。

「你真的跟賢俊說的一樣，很有趣耶。」

「我跟賢俊是同一個劇團的，他好像聽說鄭製作人需要演員，就推薦了我，我想是因為這個角色需要演技吧。」

在詢問金次長明天幾點要去廠商的臺詞當中，哪裡需要演技？真是愛說笑。我本來想這樣敷衍過去，又想起經紀人和漢洙看著她竊竊私語的舉動。或許她是比我想像中知名的演員吧。這時，她的下一句話，引起了我的注意。

「而且電影拍得很好的傳聞已經傳開了，感覺一定會很好看。」

電影根本還沒拍完，這又是什麼奇怪的話？她果然是在說笑嗎？儘管十分疑惑，由於拍攝進度緊湊，我還是迅速將她的話拋諸腦後。就算是不會緊張的我，如果為了拍出導演想要的畫面，屢次被要求演出不同風格、不同動作的話，勢必也會有點緊張了。因為辦公室片段的拍攝時間比想像中久，要在天臺取景的自殺戲，便改到午餐後了。

頭頂遼闊的湛藍天空沒有一絲陰翳。

「今天的天空真的很漂亮吧？」

鄭製作人似乎對今天的天空非常滿意，聲音有些雀躍。雖然不想潑他冷水，但我實在沒辦法不問。

「自殺跟天空漂亮有什麼關係？」

可能是我的問題太過突兀，本來感傷地凝視著天空的他，回過神般轉頭看我。

「這個嘛，感覺可以拍出乾淨的色調。而且死前能看到這麼美的天空，也很有意義吧？」

我抬頭仰望天空，還是沒辦法贊同他的話。鄭製作人見我毫無反應，便開始講解這場戲。

「泰民先生，你先自由發揮看看。你曾經想像過死亡的時刻嗎？」

我知道他所謂「死亡的時刻」，指的是電影中要演繹的片段，但在我聽來卻是另一個意思。

「有，想像過。」

「那你先照著想像演吧，我會拍攝長鏡頭，你不用顧慮時間。跳下去之前，最好遲疑一陣子，或是想在死前獨自呢喃也可以。啊，聽說人要自殺的時候，為了表示要脫離這個世界，通常會脫鞋子？你要脫掉鞋子也可以。嗯，還有什麼呢……」

他思考了一下，最後還是大聲詢問了周遭的人。

「要自殺的時候會做什麼？」

而眾人給出了幾種回答。

「我會想打最後一通電話給某個人。」

「感覺會仰望天空。」

「啊，我會想唱自己喜歡的歌。」

其中夾雜著幾個搞笑的回答，工作人員們笑成一團。鄭製作人也勾起嘴角，轉頭看向我。

「對了，你不用先試跳一次嗎？」

他指向及胸的鐵欄杆。拍攝地點雖然在樓頂，卻是兩段式的天臺。如同階梯一般，天臺的上半部比下半部內縮，所以就算往下跳，也只有一層樓左右的高度。當然，底下已經鋪好氣墊了。為了特寫我跳下去的畫面，攝影機被安裝在我即將跨越的欄杆旁邊，在欄杆正後方勉強能站人的狹窄空間待命。

「直接拍吧。畢竟人只會自殺一次，要是動作太熟練，應該也怪怪的。」

說完後，鄭製作人說著「喔，對耶」，便輕拍我的背，返回自己的崗位。為了拍攝，我也站到了自己應該前往的位置——頂樓天臺的門內側，然後閉上眼睛。我在腦中翻閱著被我讀得破破爛爛的劇本。乾淨整潔的完美主義者。我讓已銘刻於心的另一個自己，降臨在原本的自己身上。

今天的工作圓滿完成，現在，我將迎來死亡。

睜開眼睛，眼前是一扇厚重的黑色鐵門。壓下長型把手，門鎖應聲彈開，我推開門，灰色的水泥地板頓時映入眼簾。除了它與正前方的圍牆，我眼中似乎看不見其他事物。

喀噠，喀噠，喀噠。

鞋跟敲擊地面的聲音在天臺迴盪，我的步伐稀鬆平常，視線牢牢鎖定在正前方的目的地——那是一排帶著鏽跡的鐵欄杆。走向它的途中，我確認著外套鈕釦是否扣好，並伸手扯了扯袖口，端正儀容。跨越這短短的距離後，我用雙手撐住及胸的欄杆，用力提起自己的身體。

感受重力拉扯著自己的身軀，我先將一隻腳跨過，再費力地將另一隻腳也落在這僅能勉強能立足的狹窄水泥板上。那是個連轉身都十分困難的空間，但無所謂。我鬆開抓著欄杆的手，下意識抖落衣服上沾染的灰塵，並轉過身。毫不猶豫，如同一個普通得不能再普通的動作，我朝著前方邁開腳步。剎那間，墜落的暈眩驟然將我包裹——那是被死亡擁抱的恍惚。

啪啦。

雖然只是從一層樓的高度墜落，掉在氣墊上的聲音還是相當沉重。而且我沒有為墜落做好準備，痛楚馬上從撞上氣墊的左肩傳開。我這才剛想起，那是被瘋狗揍了一拳的地方。站起身的同時，我擔心的並不是疼痛，而是自己肯定還要重拍好幾次，要是墜落時身體下意識不讓受傷的肩膀著地，導致動作變得不自然該怎麼辦？

「哪裡受傷了嗎？如果覺得太硬，要不要把氣墊的氣放掉一些？」

我抓著肩膀踏回地面，在一旁待命的工作人員憂心忡忡地問我。我說了句「沒事」，便慢慢往上走去。我一邊心想也許還得爬這段樓梯好幾次，一邊推開頂樓天臺的門，然而，眼前的情況卻與我的想像截然不同。

喀啷，砰，噠噠。

人們正在收拾器材，發出吵雜的聲音。我猜是他們對這個場景不甚滿意，於是緩步走向聚集在螢幕前的眾人。還沒等我走近，原本在監看我自殺戲的眾人，便一致抬起目光盯著我看。而正在收拾器材的工作人員，好像也不時偷瞄著我。怎麼回事？我狐疑地環視周遭，本來一直盯著螢幕的鄭製作人從椅子上站起來，向副導演發出指示。

「把器材整理好，你今天要跟我一起剪預告片，我們一起進辦公室。」

居然一次就過了？我驚訝地站在原地。鄭製作人重新凝視著螢幕上的畫面，開口說道。

「泰民先生，你的最後一次拍攝安排在什麼時候？」

最後一次拍攝，就是我自殺前細數自己日常的那場戲。按原定計畫，是兩天後的棚內拍攝。我還沒回答，擠到人群中間看著螢幕的經紀人便率先開口。

「泰民下一次拍攝是兩天後。」

鄭製作人點點頭，伸手要副導演提供行程表。

「再往後延一些。」

「延到什麼時候？」

經紀人掏出記事本詢問，鄭製作人才終於轉頭看向我，但他望著我的表情有些微妙。明明神情嚴肅，卻又一副若有所思的樣子。

「嗯，我再另外跟你聯絡，你應該沒有特別忙吧？」

經紀人回答「對」，並追問了原因。我只聽到了鄭製作人的小聲咕噥，但大致上是這個意思——他想改臺詞。當然，這是我不太想聽到的話。唉，我好不容易把一長串臺詞背起來了。我帶著有些空虛的內心，習慣性地走向正在收拾器材的工作人員。當我伸手要拆卸自己這一個月負責的燈具時，有人伸手制止了我。

「放著吧，我們來就好。」

不知道是什麼時候過來的，認識的工作人員忽然表現得異常親切，並自己開始拆卸燈具。我記得他之前明明不太喜歡我。我退後一步，察覺情況似乎有異，只見人們依舊站在監看拍攝畫面的螢幕前。因為太多人看熱鬧，有人只能隔著前面的人的肩膀看向螢幕。隨後，他們如同決定好順序般，輪流偷瞄著我。是我跳下去的時候，褲子破掉了嗎？在我轉頭檢查褲子時，有人跑到我面前停了下來。

「怎麼了？」

發現對方是漢洙後，我開口問道，他卻沒有像平常一樣閒話家常，而是默默盯著我看。後來，當我忍不住想直接轉身走人，他終於開口了。

「我真的……」

我再次凝視著他，聽他用真摯的語氣繼續說道。

「我真的……起了一身雞皮疙瘩。不知道為什麼，你看起來真的像個要自殺的人。」

「……」

「你不知道嗎？」

我問了句「知道什麼」，只見他側著頭，悄聲回答。

「從樓上跳下來的時候，你在笑。」

因為要處理車中宇的事情，經紀人必須跟我們分開行動，於是我打算搭地鐵離開。漢洙則是有事要先回學校一趟，所以我只要換好衣服，就能直接前往地鐵站。殊不知，經紀人還沒走，他正在等我。

「你要去哪裡？」

「公司。」

「去公司幹嘛？」

「沒什麼。」

——只是想打聽一些消息。

我忍住後面這句話沒說，但經紀人似乎不太在意我的回答。

「我送你去。」

「不用了，你忙你的就好。」

但經紀人無視了我的回應。他拽著我的手臂，騙我說他本來就要去公司。我感覺就算再次拒絕，他也不會聽，只能默默跟著他，並聽他用沉穩的聲音開口說道。

「鄭製作人好像對你很滿意。他說要修改剩下的劇本，還誇獎說是託你的福。」

那怎麼會是託我的福？我不解地轉頭看向經紀人，而他主動解釋道。

「他說你的演技讓他受到了啟發。能帶來創作靈感的演員，是導演們夢寐以求的人才。」

他笑著說我表現很好，並輕拍著我的手臂。

「但我真的被你嚇了一跳。你居然直接走過去，然後就跳下來了。沒有任何一絲猶豫，也沒有抬頭仰望天空。而且聽說你彷彿真的化身劇中角色般整理衣服，和赴死前抖落灰塵的詮釋也恰到好處。你什麼時候編排好那些細節的？」

「……我沒有編排過。」

他「嗯？」了一聲，轉頭看我。受到誇獎的不自在，讓我不自覺地咕噥。

「純粹只是對我來說很好演。」

所以並不值得被誇獎。

「你說那很好演？不，你真的演得很好。」

聽見經紀人的抬舉，我忍不住笑了出來。那對我來說真的是再簡單不過，即使是代入別人的心境。

「經紀人。」

「嗯？」

「你說過就算鑄下大錯，只要誠懇道歉，總會獲得原諒對吧？」

他察覺到這是自己早上對明新說過的話，點了點頭。

「對，嗯，但明新……唉。」

我對著輕嘆的他，發表了自己的意見。

「可是有些罪過即使誠懇道歉，也得不到任何原諒。」

經紀人可能以為我指的是明新，語氣驚慌地反駁了些什麼，但內心莫名竄起的笑意，讓我沒能聽清楚他說的話。

有資格原諒的人已經死了，又怎麼能獲得諒解呢？

經紀人說要到公司辦事，好像真的是騙我的。他放我下車後，車子便急忙調頭。不過，我來公司一趟，真的是為了打聽某些消息。我走到自己曾認真上了一個月演技課的地下室，剛上完課的講師認出了我，開心地朝我走來。他向我打了聲招呼，而我問起先前和金毛一起行動的面善男的近況後，得到了意料之中的回應。

「喔，我記得他住院了。」

臉色有些猶豫的他，歪著頭繼續說道。

「我在兩週前聽說他住院的消息，至今還沒有接獲聯絡，看來……」

我向含糊其辭的講師詢問面善男的聯絡方式後，便離開了地下室。住院啊……我順手撥出講師給的號碼。

嘟、嘟、嘟——

電話撥通的聲音不斷傳來。儘管最後出現無人接聽的機械語音，我仍不以為意，又接連撥了好幾通。就這麼嘗試了一陣子後，話筒另一端終於傳來了有氣無力的聲音。

『喂？』

「我是李泰民。」

『……』

「還記得我先前說過的話嗎？」

對方依舊保持沉默，而我再次開口。

「過了四年，決定轉念跟男人上床的事。」

我聽見話筒另一端傳來倒抽一口氣的聲音。他對「跟男人上床」這句話有反應，看來我似乎沒猜錯。

「我說那是你艱難作出的決定，希望你不會輕易改變心意，當時你告訴我，你已經煎熬地踏上這條路了，就算遇到問題也不會退縮。」

『別說了……』

他深吸一口氣，用顫抖的聲音繼續說道。

『請你別再說了。你為什麼打電話給我？』

「好奇你改變心意了沒。」

『你、你好奇那種事幹嘛？』

我對著低聲發脾氣的他，露出他看不見的笑容。

「你不記得了嗎？聊到這件事的時候，我還說了什麼？我不是說過，你必須仍然保有那種決心，我才能幫助你嗎？」

他又倒抽了一口氣，悄聲說道。

『……幫我？你要怎麼幫？』

「我有方法。」

踏上通往公司一樓大廳的走廊，就能看到那裡掛有旗下藝人的照片。我站在露出燦爛笑容的明新面前，回答他——

「讓你復仇的方法。」

當我抵達面善男告訴我的病房時，和我的預期不同，他的外表看起來安然無恙。露出來的臉、脖子和手都是如此。不過，他似乎站得很吃力，身體半倚在窗框上。不大的單人病房，僅有病床、電視、小冰箱與桌子。衣架沒有掛著衣服，桌上也沒有飲料罐或水杯，看起來像是他才剛住院的樣子。

「……你早就知道了？」

他沒有和我打招呼，反而直接用問題迎接我。曾經笑容滿面的臉變得慘白，像戴面具般面無表情。我走到他佇立的大片窗戶旁邊，俯視外面。五樓高的窗戶外，窄巷與老舊龜裂的矮房星羅棋布。我搭地鐵再走過來花了二十分鐘，在密密麻麻的房子之間找到醫院又花了十分鐘。

凌亂的外觀令醫院這個名稱黯然失色，感覺隨時會故障的電梯發出匡噹巨響，勉強運轉。這是間位於首爾外圍，感覺不會有人來的醫院。他發現我沒有回答，只顧著環視周遭，第一次露出了其他表情。雖然只是近乎嘲諷地撇嘴一笑。

「我一醒來，人就在這裡了。直到前幾天，我都還不知道這裡就是首爾。你……知道我遭遇了什麼事嗎？」

「你遭遇了什麼事？」

「……」

我緩緩環顧狹小的病房，再次問他。

「你遭遇了什麼事？」

「你……不是知道才過來的嗎？」

他的語氣略顯慌亂，口中仍撂著狠話。

「難不成是來嘲笑我的？幹……來看我落得這個下場？」

儘管吃力卻勉強站著，瞪著我的眼神隱隱閃爍著憤怒的火光。看來他確實已經改變，那我就可以安心利用這傢伙了。

「我不知道你具體遭遇了什麼，但大概能猜到。」

感受到瞪著我的目光逐漸和緩，我用平淡的語氣說道。

「我聽說宋明新在當皮條客，把有志成為演員的人送去給他的金主當玩具。所以你也被當成玩具利用了嗎？」

與我對視的雙眼開始顫抖，我繼續緩慢地開口。

「像狗一樣，被丟到一群男人之間輪姦了嗎？你奮力掙扎想逃跑卻被抓住，雙腿直接被人掰開，後面還被塞了其他東西吧。被塞了什麼？酒瓶？木棍？」

「別、別說了……」

「看你屁眼插著酒瓶的樣子，他們應該很開心吧。一旦你哀求他們放過你，就會被揍得遍體鱗傷。當然，挨揍的都是能被衣服遮住的部位。」

「我叫你別說了！」

他踉蹌退後一步，驚慌失措地移開目光。他的胸口劇烈起伏，呼吸逐漸急促。

「你不願意回想嗎？」

他用帶著怨念的眼睛看向我，眼神反問著「你是明知故問嗎」，可我還是非要聽到確切的回答。

「如果你不願意回想，那就沒我的事了。」

「……什麼？為什麼？」

為了表示自己不是在說風涼話，我轉身背對著他。

「只會一味逃避痛苦的話，你根本沒辦法復仇。」

我朝門邊走了幾步，在握住門把前，他終於叫住了我。

「你真的有方法可以復仇嗎？」

顫抖的聲音讓我緩緩回過頭，看見了他不住緊握的拳頭。

「就像你在電話裡聽到的那樣。不過就算我有方法，照你現在的狀態，也沒辦法展開復仇。」

「為什麼？是什麼方法？」

「你要再次深入那個淫窟。」

他凝視著我，屏住了呼吸。毫無血色的臉，讓他看起來絕望而憔悴。他沉默了好一陣子，才再次咕噥。

「你說我……必須再回到那裡？」

「對，你要把自己的傷口藏好，表現得不痛不癢。但你現在連回想都做不到，我勸你還是放棄吧。我再問一遍，你想用自己的方式復仇，還是……」

我望著他，繼續說。

「就繼續這樣活著。」

這次我真的握住門把並轉動了它，但他的聲音再次絆住了我的步伐。

「……不要。我不要……我不要就這樣活著。」

聲音小得彷彿呢喃，但我終於聽見了想聽的話。

「我想要復仇。幹，我想要……殺光那些傢伙。」

我沒有朝他走去，而是靠在門上，漫不經心地盯著離我稍遠的他。

——只想殺死對方是不夠的。

看出我意思的他，手離開窗框，挺直依舊不適的身體。

「你問我遭遇了什麼，對吧？就像你說的那樣。他說只是陪玩，便蒙住我的眼睛，把我帶到某個房間，可是……」

他的聲音又開始顫抖，卻還是努力說了下去。

「大概有五、六個混蛋把我扒光，輪姦了我。我反抗後，手被綁在身後，還被他們當球踢，直接暈了過去。後來，我感覺某種熱呼呼東西碰到我的身體，讓我疼痛難忍，睜開眼睛一看……那些混蛋把一根大蠟燭插進我的肛門，點燃了它。我一絲不掛……趴在他們正中間，只有屁股被抬高。弄痛我的東西，是沿著胯下流出的蠟油。

那些混蛋一發現我醒了，便大聲嬉笑。接下來，你知道他們做了什麼嗎？他們唱了生日快樂歌，因為其中一個混蛋當天生日。不覺得很搞笑嗎？因為他過生日，所以點了蠟燭。哈哈……我就是他的生日蛋糕，生日蛋糕，幹，很搞笑吧？」

他痛苦的臉上布滿淚水，聲音卻越發平靜。

「在我被迫承接那些傢伙的精液與尿液時，有個叫金會長的老頭在房間角落看戲。他用沙啞的聲音一一下達指示，叫兩人一起上，或是好幾人同時把精液射進我嘴裡。只要是那個老頭說的話，大家有求必應，但你猜，在那個老頭的胯下，認真幫他口交的人是誰？是宋宥翰。我那時才知道，亨碩一直慫恿我，幫我和宋宥翰牽線，是為了把我當成祭品獻出去。亨碩早就知道宋宥翰在搞什麼鬼，以及他的金主老頭想要什麼了。」

他沉默片刻，轉頭看向病房。

「你走進這間醫院的時候，不覺得奇怪嗎？你應該知道我為什麼住院，那我為什麼在內科？」

他的目光轉向印有醫院名稱的枕頭。

「這裡是為了幫我這種遍體鱗傷的垃圾善後的地方。當然，我不是第一個被拖來這裡的人，醫生和護理師看到我的狀態時，依然面不改色。我當時後穴撕裂、大腿被蠟油燙傷一整片，他們反而抱怨肛門裡凝固的蠟油很難清除。我已經住院三週了，卻還是連上廁所都很困難。那些混蛋知道我是演員，不能弄傷我的臉，所以我的臉毫髮無傷，其他部位卻慘不忍睹。而且宋宥翰還說要補償我，叫我痊癒後去找他，他會安排我到有線電視臺的電視劇，演出一個戲份挺多的配角。」

說完一長串的他，呼出一大口氣，暫時閉上眼睛。

「過去這三週，即便我努力想忘記，那些傢伙的笑聲仍在我耳中揮之不去。我一直幻聽，聽見他們唱的生日快樂歌。」

他睜開眼睛，表情逐漸恢復冷靜，開口問我。

「假如真如你所說，有方法可以復仇，我想要撕碎他們，讓這種幻聽消失。不過，在那之前——」

他冷漠地停頓片刻，露出懷疑的眼神。

「你為什麼想幫我？」

「我沒說過要幫你。」

「什麼？可是……」

「我只是在告訴你復仇的方法。」

「那不是在幫我嗎？」

我第一次對他露出笑容。

「對，因為我也要對宋宥翰復仇，所以打算利用你，確保自己的復仇能夠成功，你別搞錯了。」

我認為他就算為此發火，也是情有可原，但他卻只是表情微妙地凝視著我。片刻過後，他說出了令我十分意外的話。

「你這個人真有趣。」

「……」

「如果你真的打算利用我，不該說出那種話吧？」

「不然要說什麼？說我覺得你的遭遇太可憐，所以想幫助你嗎？謊言不是欺騙一次就算了，之後還得一直用其他謊來圓，非常累人，我只要能騙過我的復仇對象就夠了。」

他好像露出了極短暫的微笑，又馬上點點頭。

「我就是覺得你這點很有趣。你看起來不太正派，內心卻界線分明，該說是意外坦率嗎？」

我皺了一下眉頭，才淡淡地回話。

「好，既然你說我坦率，我就多說一句吧。如果你想進行我說的復仇，就要做好覺悟，說不定你得再次向那些混蛋獻出屁股。」

「……」

「你不願意的話，現在就放棄吧。我只是基於被你稱讚的『坦率』，打算利用你罷了，並不打算幫助你。」

我以為他會沉默一段時間，但令人意外地，沒過多久，他便面無表情詢問。

「所以我該做什麼？」

這次換我愣住了。我只能凝視著他，而後才緩緩開口。

「接受宋宥翰的提議，要他讓你成為同伙。」

我說完後，他卻搖了搖頭。

「我可以忍受再次遭受折磨，但我不想把其他人——尤其是什麼都不懂的練習生牽扯進來。」

「你不用真的那麼做，只要做做樣子就好。」

「馬上就會穿幫……」

「不會穿幫的，宋宥翰快要出國拍攝了，你只要騙過他這幾天就好，你可以拿身體不舒服當藉口，什麼都不做。」

根據愛麗絲社長上次說的，明新應該會出國跑行程，短則三到四天，長則一週。

「你先混入那個圈子，趁宋宥翰不在的時候，認真慫恿亨碩。」

「你說什麼？」

我揚起一邊的嘴角。

「宋宥翰現在應該已經撒手不管，只使喚亨碩去網羅需要的犧牲者。與此同時，他自己卻拿了最多好處。你去問亨碩，重要的事情都是他在做，難道不會覺得委屈？幫金會長口交的人，應該也要是他，不是嗎？你要告訴他，宋宥翰的每次機遇、每個角色都應該是他的。」

「你要讓他們兩個鬧不合嗎？可是亨碩很怕宋宥翰，大概不會聽我的話，而且宋宥翰也有辦法輕鬆除掉亨碩。」

他搖頭說著有難度後，我抿嘴笑得更開了。

「那方法不就更簡單了嗎？讓亨碩不怕宋宥翰，也讓宋宥翰沒辦法輕易除掉亨碩。」

他反問了句「怎麼做」，我則簡短回答。

「這部分我會搞定，你別擔心。」

他似乎想知道更多，但馬上又點點頭說知道了，然後咕噥道。

「知道了，我會先……做好我能做的。」

接著，他似乎想起了什麼重要的事，露出嚴肅的眼神。

「那個老頭呢？沒辦法報復金會長嗎？」

「……他會由另一個人處理。」

「誰？」

他的眼神流露出「真的有那種人存在嗎」的驚訝，等待我給出答案。不過，現在我能說的話只有一句——

「一個像神經病的傢伙。」

那天晚上，我仰望著黑漆漆的天花板，輾轉難眠。若要消除金毛對宋宥翰的恐懼，就需要一個人的幫助。此外，若要讓宋宥翰不敢招惹金毛，或者換句話說，讓他沒空理金毛的話，還需要另一個人的幫助。

不過，沒關係，我完全有辦法靠自己取得那兩人的協助——李攝影師和車中宇。他們兩個一定很樂意參與其中。我反覆思索著之後該做的事，直到清晨才勉強闔眼，但奇怪的是，最讓我在意的，竟然不是自己接下來的計畫。

——你不用管他。

對於金會長的事情說得一派輕鬆的神經病，直到最後仍沒有從我的腦中消失。不，其實我一直想起的，是當我說出他像在擔心我時，他不發一語走進房間的身影。我為什麼總會白痴地想起這種事？

隔天早上前往公司時，我從意想不到的人物口中，取得了重要情報。其實，我是為了向經紀人打聽夢想企劃的事，才會提早抵達公司。面露倦容的經紀人為了車中宇的事，熬夜留在公司加班。他似乎忙著準備待會的記者會，百忙之中也不忘為我和漢洙安排剛接到的小型傳單廣告試鏡。而在漢洙到來前，一個意想不到的人物來到了我和經紀人所在的小會議室，讓我獲得了意外的情報。

「崔經紀人，有事要……嚇！」

也不知道怎麼搞的，正要走進會議室的朴室長，看見我便嚇了一跳。雖然他乾咳幾聲假裝沒事，但從他迅速迴避的目光，似乎是一看到我就想起了被宅配員支配的恐懼。要是被他知道送石頭蛋糕給他的人也是我，他一定會立刻落荒而逃。

「哎呀，朴室長，您怎麼會來這裡？」

經紀人用他獨有的親和力，拉著尷尬的朴室長進來坐好。坐在我對面的他，仍不敢正眼看我，只敢看向經紀人。

「咳咳，我有話要跟你說。」

「嗯？什麼……」

「你好，朴室長。」

我打斷經紀人的話向他問好後，他尷尬地看向我。

「咳咳，你好，李泰民先生。」

他乾咳幾聲，準備撇頭跟經紀人繼續說話，但我卻再次開口。

「朴室長在公司熬夜了嗎？」

「什麼？喔，嗯……」

「因為夢想企劃的關係？」

他正要轉開的頭直接僵住，驚訝地看著我。

「夢想企劃？」

「你不是知道嗎？現在夢想企劃出了一些問題，沒想到成為新股東的武器掮客金會長要介入。」

我對著驚訝眨眼的他露出淺笑，轉頭向經紀人確認。

「經紀人也記得吧？宋宥翰昨天早上在會議室對尹理事說的話。」

經紀人這才點頭說了句「喔」，並代替我向朴室長開口詢問。接下來，我只要默默退居幕後，聽他們兩個對話就好。

「對啊，朴室長，那件事到底是怎麼回事？公司出了什麼大事嗎？夢想企劃應該正為了籌備接下來的強檔電視劇，忙著招募投資者吧。但宋宥翰為什麼說夢想企劃可能被搶走？這是怎麼回事？」

「那個……咳咳，那是機密。」

「哎喲，哪有什麼機密，傳開只是遲早的問題吧，我剛才在辦公室已經聽到奇怪的傳聞了。」

「什麼傳聞？」

朴室長身體一顫，挺直腰桿，經紀人刻意像傾訴祕密般，壓低聲音。

「夢想企劃說不定會徹底獨立出去。」

「什麼？不是吧，你是怎麼知道的？」

朴室長大為震驚，經紀人也跟著一起驚訝。

「咦？所以那是真的嗎？」

「嚇！不、不是，不是那樣……」

「哪裡不是了！您剛才不是問我怎麼知道的嗎！」

臉色慘白的朴室長反駁了句「不是那樣」，卻依舊辯不過徹底進入八卦狀態的經紀人。

「既然已經私下傳開，不就表示該知道的人都知道了嗎？而且夢想企劃被獨立出去的話，絕對是大事件。到底是怎麼回事？嗯？吼，朴室長，您不是很了解我嗎？我口風多緊啊。」

我這輩子就沒看過嘴巴像經紀人一樣大的人。但我沒說出來，畢竟我口風很緊。

「您就說吧，我也是擔心公司才問的。而且跟宋宥翰有關，我更沒辦法置身事外。唉，朴室長昨天也在現場，不是知道我是怎麼被對待的嗎……」

經紀人嘆了一大口氣，作勢擦去根本不存在的眼淚。

「這次算我走運，但要是宥翰涉入不好的事情，又再次栽贓我的話，我到時候真的……唉。要是我被他毀了，可以把責任歸咎於不願意透露的朴室長嗎？」

「崔經紀人，你怎麼可以這樣說呢？就是……唉，我真的不能說。」

苦惱地搔著頭的他，向嘟囔的經紀人吐露內幕。

「反社長派的常務李士真，計畫要搶走正在籌備的強檔電視劇的主導權。如同你知道的，那部電視劇的導演不是已經內定了他們那邊的人嗎？既然導演是他們的人，演員、地點、贊助商等等，他們也會自行決定吧。」

在一旁聆聽的經紀人皺起眉頭。

「那部電視劇的導演，不就是以前待在S電視臺的田導演嗎？唉，那個人……品行不太好耶。」

居然能被經紀人說品行不好，看來他人品真的很差。正當我這麼想著，朴室長連連出聲贊同。

「對，就是他。雖然曾經私下收受黑錢而引發風波，但他擁有負責這種大型企劃的經驗，能力也很好不是嗎？一開始確定人選時，公司也是因此沒有反對，但了解後才發現，他和那一派的人早已沆瀣一氣。可是合約已經簽完，沒辦法更換導演，更何況他們可能覺得只有這樣不夠，還想掌控整個夢想企劃。就像你知道的，夢想企劃雖然是子公司，但尚未徹底整合。反社長派正在計畫收購夢想企劃的股票，我以為他們就算有那種想法，也沒有足夠的資金，便沒有多加關注。殊不知，忽然有人如彗星般出現，大量收購了夢想企劃的股票。」

此前已經聽經紀人說過類似的內容，朴室長的說法卻更加精確具體。在我心想「公司果然是占地遊戲」時，聽見了經紀人的咕噥。

「看來那顆彗星……就是金會長囉。」

朴室長點點頭，皺著眉頭繼續說道。

「唉，如果沒有金會長，公司裡持有最多夢想企劃股份的人，本來是尹理事。」

「尹理事？」

經紀人感到意外般驚訝地歪頭，朴室長立刻解釋。

「不過，他在夢想娛樂這邊的股份就沒多少了，社長其實是給出自己在夢想企劃的股份，才把尹理事請回韓國的。社長當時的用意，大概是希望尹理事可以徹底掌控夢想企劃吧，沒想到，沒想到……」

沒想到金會長如彗星般登場了。

「因此，現在形成了尹理事與反社長派對決的勢力版圖。要是金會長加入敵對方，就等於電視劇直接被他們拿走了。」

朴室長的結論，讓經紀人愁眉苦臉。

「那反過來說，如果要避免金會長加入那邊，就得和他合作了嗎？」

「嗯，按照現在的情況，那的確是最好的辦法。」

「天啊！唉，怎麼偏偏是這樣？」

經紀人感到十分鬱悶，在桌子上舉起握緊的拳頭。

「尹理事是這個圈子最理想的人選了……」

看來經紀人一聽到尹理事這個名字便瑟瑟發抖，以及在XXX市一聽說尹理事到來，便衝去向他問好的行為，全是因為他對尹理事很滿意。經紀人好像真的非常惋惜，維持著凝重的沉默，一旁的朴室長也跟著嘆了口氣。

「雖然他真的指派很多工作給我，像個大魔王，但他能力卓絕，有許多值得學習的地方，我工作起來也很有幹勁。但我最近實在太擔心了，擔心到不敢在我家親愛的面前撒嬌，唉。」

我和經紀人同時轉頭看他。

「……撒嬌？」

經紀人詫異地重複，朴室長瑟縮了一下，趕緊搖頭。

「沒、沒有啦，什麼撒嬌？我、我在胡言亂語，哈哈哈。」

可惜他漲紅的臉，就是每天在家瘋狂撒嬌的人會露出的神情。我趁他驚慌失措時，問了一個我很好奇的問題。

「聽說金會長要妨礙尹理事在美國的事業，指的是什麼？」

「什麼？喔，這個我也不清楚……」

「那請你告訴我，要怎麼樣才能好好撒嬌。」

他倒抽一口氣，用帶有怨念的眼神瞪著我。我立刻接著說道。

「我最近比較閒，正在考慮重操舊業，回去當宅配員。」

「尹理事先前在美國的夢想分公司上班，不過他本來就有自己的投資公司。他要來這裡的時候，把那間公司交給其他人經營，但仍會由他進行重大決策。我聽說，金會長計畫妨礙尹理事正在做的事，而那件事是由尹理事親自操辦，我也只知道這麼多。」

朴室長哭喪著一張臉，而經紀人輕拍著他的肩膀。

「這樣啊，朴室長，真是辛苦您了。」

聽見經紀人的安慰，朴室長用手背拭去盈眶的淚水。但他才剛洩漏完公司機密，就算流淚也沒用了吧。綜合朴室長的說法，不就表示神經病正處於危急狀態嗎？

「是說，朴室長，您來這裡做什麼？」

經紀人像是猛然想起什麼般詢問後，朴室長這才記起自己本來的目的，從座位上站起身。

「對了，現在不是討論這個的時候，崔經紀人這陣子都要忙車中宇的事吧？」

經紀人回答「對」，朴室長便掏出手機，繼續說道。

「李泰民先生和李漢洙先生最近意外地認真跑活動，你不在的期間，公司想幫他們額外安排一名現場經紀人。」

「我當然很感謝囉！是誰啊？既然要派人，希望是個認真打拚的年輕人……」

經紀人的願望，被朴室長講電話的聲音蓋過。

「是我，請你現在上來三樓的十二號會議室……你說電梯正在保養？那你就走樓梯上來啊……什麼？你關節痛，不能走樓梯……唉，你就直接上來吧。怎麼會年僅四十幾歲，關節就不好了？你那樣還能到哪裡兼差？」

朴室長可能受不了他的抱怨，直接出去找那位關節炎患者。他離開後，經紀人嚴肅地向我說道。

「泰民，記得先買好痠痛貼布。」

要代替經紀人照顧我們的關節炎大叔沉默寡言，他在我跟漢洙試鏡傳單廣告的地方沉默到了極點，輕點著夾雜幾縷白髮的頭打著瞌睡。如同經紀人所說，那只是一個非常小的傳單廣告，我們輕鬆就通過試鏡，當場換上衣服拍了幾張照片。

因為廣告商有事先告知拍攝細節，比起我們，要行銷的商品才是主角。當終於搞定耗時整個下午的工作時，我們已經又累又餓了。儘管在鏡頭前的狀態稍微好轉，但因為緊張，在結束拍攝後，漢洙看起來簡直像老了十歲。只見他眼神呆滯地望向坐在椅子上、睡得正熟的關節炎大叔。

「如果是我們的經紀人，現在大概早就買好海苔飯捲回來了。那個大叔居然還睡到流口水。」

仔細一看，關節炎大叔半張開嘴，嘴角還有已經乾掉的白色口水痕跡。

「我們經紀人在工作結束後，都會大力誇獎我們很棒，讓我們忘掉疲憊。那個大叔卻讓人越看越疲憊。」

聽著漢洙的話，連我也開始感到疲倦了。

「去卸妝吧。」

我用眼神催促他後，漢洙有氣無力地點點頭，接著好奇地問道。

「是說，你在等誰跟你聯絡嗎？」

「嗯？」

「手機。」

漢洙指向我的手，我這才發現自己正握著手機把玩。我咕噥了句沒有在等誰聯絡後，漢洙說會趕快洗完臉出來，就跑走了。但他回來時，我依舊維持著低頭的姿勢。

我是真的在等待，等神經病跟我聯絡。其實我也可以主動找他，但不知為何，我希望他先聯絡我。我也對自己的行為感到無言，不懂自己到底在搞什麼。我刻意將手機塞回口袋，但又被好奇心驅使，不自覺地反覆掏出來確認，猜想會不會在我沒看到的時候，他已經跟我聯絡了？

我只是聽朴室長早上提到的公司狀況，有點好奇罷了。即使反覆洗腦自己，也無法全然解釋我這麼做的原因。當我終於忍受不住帶著焦躁的等待，決定主動傳簡訊過去時，手上倏然傳來了「嗡嗡」的短暫震動。那是簡訊傳來的訊號，我卻不敢馬上點開。

我的呼吸變得異常急促，腦中充滿莫名的期待。是他嗎？在查看簡訊前，焦急、鬱悶、期待等等令人煩躁的情緒統統轉化為緊張，而當我看著手機螢幕時，那一切又如魔術般融化消失。明明只是一如往常的簡短語句，我卻不自覺地感到安心。

——過來愛麗絲。

前往愛麗絲之前，我把劇本還給漢洙。雖然讀起來耗時，劇情卻是我至今讀過的劇本中最棒的。其實題材很常見，不過是主角尋覓失蹤多年的父親的下落，並被捲入各種事件。

但各個橋段都有意想不到的絕妙轉折，讓人有所感悟的劇情也安排得恰到好處。它是僅由單純臺詞和直白場景描寫組成的劇本形式，卻連不愛閱讀的我也能沉浸其中，看來小說大受歡迎的說法並不是誇大其辭。

特別的是，其中有一首貫穿小說前半段的流行歌。本是作為父親喜愛的歌曲登場，但父親利用歌詞隱藏了暗號，所以主角一直在聽這首歌。一開始從韓文歌詞獲得提示，後來將原文的英文詞彙重新排列組合後，終於找到了關鍵線索，是一首貫穿始終、非常重要的歌曲。

「劇情裡出現的歌曲是哪一首？」

正要把劇本放進包包的漢洙，一臉詫異地轉頭看我。他幹嘛那樣看我？我挑起一邊的眉毛，他的那種表情馬上就消失了，但眼神仍充斥著不敢置信。

「你不知道這首歌嗎？」

「……」

「蛤？這麼有名的歌，你怎麼會不知道？」

「……」

「……也是，的確有可能不知道。」

漢洙越說越小聲，我這才放下高舉的拳頭。他似乎還想說些什麼，一直偷瞄我的臉色，最後才在分別前，傳了一個音樂檔案到我的手機。

「就是這首歌，你聽了絕對會恍然大悟。」

繼續開玩笑問我的古董手機能不能正常播放音樂的漢洙，趁著被我痛揍一頓前，丟給我一副耳機就逃跑了。我按下播放鍵，一首耳熟能詳的流行歌曲便傳入耳中。不過，對於正要前往愛麗絲的我來說，卻有另一種熟悉的感覺。是在哪裡聽過呢？我思索了好一陣子，在快要抵達愛麗絲的時候，才終於想起。

是我先前在神經病車上聽到的歌。與此同時，我也想起了他調大這首歌的音量時，露出的表情。是他也想起了電視劇嗎？想起了有可能被搶走的夢想企劃？不知不覺間，我好像又開始替他擔心了。雖然不太情願，我還是懷抱著並未褪去的不自在走進地下室，發現一個熟面孔正等著迎接我。

「歡迎光臨，兩百元先生。」

不曉得是不是事先接獲通知，許久未見的店經理露出一如往常的微笑。我向他點頭致意後，打算自然地前往神經病的辦公室，但他卻阻止了我。

「社長想先見您。」

隨後，他帶我走向社長辦公室，但我沒有立刻跟上。他想見我？該不會又要用兩百元開什麼無聊的玩笑了吧？儘管不太想見到他，我還是努力不形於色，走進了社長辦公室。沒想到，一切努力都是徒勞。社長一抬眼就發現了我的異樣。

「喔，好，百元，你來……嗯？你那是什麼表情？」

我的表情非常明顯——猜到你又會胡說八道，所以提前忍住不耐煩的神色。即便我沒有顯露情緒，社長還是嘴角上揚，彷彿已經看穿了一切。

「好，我知道，你很緊張吧？你在想，這次又會有哪些華麗的語言魔術在等著你？哈哈哈，也對，我的玩笑的確讓人耳目一新！」

難道社長也曾經夢想成為演員嗎？否則普通人不可能如此浮誇吧。讓我更火大的是，我居然逐漸習慣了這樣的社長，開始認為他這樣很正常了。我努力提醒自己清醒一點，木訥地開口問道。

「有什麼話要對我說嗎？」

「我有時候看著你，感覺你非常機靈……嗯？喔，沒有，沒什麼要說的，只是想跟你見一面。」

「既然見到了，我就先告辭了。」

這麼說的同時，我「匡」一聲甩上門，立刻走了出來。在門關上前，我似乎聽見了「咦」的一聲，但我不予理會，迅速挪動腳步。緊接著，我帶著對讓我變成兩百元的神經病的怒火，猛然推開他辦公室的門。如我所料，他正戴著眼鏡坐在書桌前。

我看著他，實在無法不皺起眉頭。他在確認沒敲門就突然闖入的人是我後，立刻露出放鬆舒緩的微笑——一個讓我忘了自己剛才在想什麼的、真正的笑容。我不由自主地屏住呼吸，目光被他的微笑吸引。在聽見他的聲音前，好似連時間也徹底停止了。

「怎麼了？」

低沉嗓音自耳邊傳來，讓我一時當機的腦袋驟然清醒過來。我看著緩緩站起的他，這才意識到自己竟一直站在門邊。儘管只是片刻，但那感覺莫名漫長的時間，無意間加重了我的慌張。看著神情逐漸嚴肅的神經病，我才終於邁開腳步走了進去，同時若無其事地反問一句「什麼」。只見他瞇起眼睛，邁步走近踏入房間的我。

「你發生了什麼事？」

這次我也簡短回答了句「沒什麼」，避開了他的目光，自顧自坐到沙發上。自己的反常行為帶來的恐慌本該立刻消失，但它卻緊貼著怦怦狂跳的心臟，許久未散。我不知道自己怎麼了，也不習慣這種情況，整個人顯得有些悶悶不樂。一屁股坐到我身旁的神經病再次詢問。

「那你為什麼露出那種表情？」

「我的表情怎麼了？」

我轉過頭愣愣地問他，他的眼睛沒有笑意，嘴角卻微微彎起。

「你一看到我就板起一張臉，好像不太開心的樣子。」

聽著他冷淡的聲音，我知道他生氣了。但比起坦承「我看著你的微笑愣住了」，我認為這種說法要好上一百倍。

「我每次見到你都不太開心。」

回嘴後，我擔心說謊的樣子太明顯，於是再次移開視線。但他卻在一旁緊盯著我，讓我又是一陣不知所措。

「我會這樣說，是因為今天的你不一樣。」

不一樣？我無奈地瞥向他，正好迎上他彷彿要將我吞吃入腹的銳利目光。

「你跟平常不一樣。」

「……」

「說吧，發生什麼事了？」

每次聽到神經病提出令人哭笑不得的問題，我都會啞口無言，但這次是確確實實地無言以對。什麼事都沒發生，他到底要我怎麼樣？

「遇到宋明新了嗎？還是金會長……應該不會。」

聽著他含糊其辭的低語，我略微有些驚訝。他為什麼排除了金會長？

「我在問你，是不是又遇到宋明新了？」

似乎不管怎麼想，他都覺得造成這種情況的人只可能是宋明新，執著地要我給出答覆。我短暫考慮過要出賣明新，卻馬上放棄了。要是我說出自己如此反常的行為是因為明新，總覺得他會立刻拉著我去教訓他一頓。

「我只是累了。」

我搪塞般回答後，先是放低目光，才再次抬起頭。原本瞪著我的視線逐漸和緩，他似乎仍抱持懷疑，卻還是點了點頭表示贊同。

「也對，聽說有些人疲憊的時候，給人的感覺完全不同。」

那不就是你嗎？真可惡，居然一副事不關己的樣子？因為太過無言，一開始慌張的情緒似乎稍微平復了。

「對，聽說有。」

我每個字之間都停頓了一下，並在內心大喊「那個人就是你啊」，不過這小子不愧是神經病，竟一派輕鬆地附和。

「我也是第一次看到，看來你就是那種類型的人。」

為什麼只要和這傢伙對話，委屈就會莫名湧上？明明按照過去的經驗，自己總是輸多勝少，我卻還是忍不住挖苦他。

「真好，你是第一次看見我這種類型的人。」

「這個嘛，如果看見你這種類型的人，我會覺得很煩。」

意思是你覺得我很煩嗎？我正要開始不爽，他卻望著半空中喃喃自語。

「但如果是你，我卻不覺得煩。」

隨後，他不以為意地看向我，接著說道。

「心情反而還會變好，因為感覺像是你在撒嬌。」

「……」

「你今天真的很反常，平常的你應該會惡狠狠地嗆我，叫我不要胡說八道。」

「你不要胡說八道。」

開心的情緒溢於言表，他彎起眼睛笑了起來。最近，我好像習慣了他對我露出這種笑容，而不是笑意不達眼底、僅是將嘴角勾起的冷漠表情。看著他溫柔揚起的嘴角和盈滿開心的眼睛，我心裡莫名一陣酥麻。這股感覺如怦然心動般帶著些微悸動，讓我的聲音就這樣被卡在乾澀的喉嚨中。見我沉默下來，他收起笑容，眼神認真地抬起手。

「看來你真的累了。」

他的手輕輕撥過我的瀏海，我艱難地將頭側向一旁，躲開了他的手，他又再次淺笑，指著沙發。

「那你躺在這裡睡吧，我在等人跟我聯絡，還不能回家。」

說完後，他便起身走向書桌。我呆愣愣地望著他的動作，才想起一件重要的事。

「你為什麼找我來這裡？」

他坐回座位，眼神看向桌面。

「上面那本書。」

書？我在和平常一樣堆有各種東西的夾縫中，發現了一本封面厚實的精裝書。不，比起它的外觀，標題率先吸引了我的目光。上面的書名，和我讀的劇本一模一樣。

「那是你的，你先看吧。」

他命令般的語氣讓我忍不住想回嘴，但一想到方才他聽見「你不要胡說八道」時反而更開心的笑臉，我索性放棄了。取而代之，我拿起原本就想拜讀的、沉甸甸的書。將書拿到眼前後，我在書封上看見了「第一集」的標示。什麼？它還分成好幾集嗎？接著，他彷彿看穿了我的疑惑，開口解釋道。

「總共只有三集，很快就能讀完了。」

對於光是讀劇本就需要耗費好幾天的我來說，他所謂的「很快」，或許是好幾週吧。我忽然對只會按照他指令行動的自己感到不甚滿意，我一邊思考要不要直接把書朝他丟過去，一邊翻開硬邦邦的精裝封面。沒想到，裡面有著一行某人手寫的文字。

兩百元先生，祝您閱讀愉快。

在那底下，寫著我第一次看到的名字，不對，我稍早才看過這個名字，就在書本的封面上。當我意識到這是作家的簽名後，呆愣愣地凝視著書頁片刻，過了好一陣子，才後知後覺地想起另一件重要的事。

「靠，你怎麼可以請他簽兩百元？」

盯著螢幕工作的神經病，隔了一段時間才若無其事地回話。

「因為我喜歡兩百元。」

「你喜歡兩百元這個名字？」

顧著敲打鍵盤，僅簡短回答「對」的他，又過了一會兒才繼續說道。

「那是我幫你取的名字啊。」

過於理所當然的答案，讓我的胸口再次被一股微妙的熱意包裹，而我為了忽視它，擺出一張臭臉。

「你叫我過來，是為了給我這本書嗎？」

「不是。」

我轉過頭，看著面色凝重、戴著眼鏡緊盯螢幕的他。喀噠、喀噠、喀噠。敲擊鍵盤的聲響間，夾雜著他的回答。

「只是想見你。」

我沒讀幾頁，就發現劇本幾乎是原封不動照搬了書中的劇情。其實一開始，我既擔心這麼厚一本書要什麼時候才能讀完，也認為它篇幅太長，讀起來一定十分枯燥乏味。但翻過第一頁的瞬間，此前的擔憂全部都煙消雲散。

沉悶的主角獨白，以及以平凡瑣事展開的一日之晨。儘管我已經透過劇本得知接下來會發生哪些事件，但在閱讀小說文字時反而更加期待。對，接下來主角就會像例行公事般，一邊聽著父親喜愛的流行歌曲，一邊出門，然後被捲入第一起事件。

我陶醉於自己不認識的、事件發生前的主角，幾乎忘了時間的流逝。由於我的閱讀速度本就緩慢，當我若有所感地抬起頭時，才發現自己這一小時內只讀了幾十頁。

「好看吧？」

讓我目光離開書本的其中一個原因——不知何時靠近的、坐在我身邊的神經病正凝視著我。可能是自己全神貫注的樣子被別人看到，讓我莫名地難為情，只能木訥地回答。

「還在讀開頭，不清楚。」

接著，他的頭側向一旁，果斷地說道。

「我說你，是不是因為害羞才故意這樣？」

什麼？感覺他又開始認真地胡說八道，我惡狠狠地瞪向他，而他再次開心地彎起嘴角。

「你那樣瞪我也沒有用，因為你的每一種反應，我都覺得很有趣。換作是別人的話，我大概只會想揍人。」

「那反而還比較好，那樣我才能揍回去。」

只見他彎起眼睛，露出淺笑。

「媽的，真是讓人血脈賁張。」

他輕聲罵出髒話的同時，欲望亦自眼底浮現。我如同防禦般，面無表情地盯著他，而他像是要讓我安心，自顧自地繼續說道。

「我不會做的，現在要先睡一覺。」

說完，他看向書本，問我是否要繼續。這時我給出的答案，應該要是「如果沒事找我的話，我就先走了」才對，我卻把這句話吞回肚子裡。

「我要再讀一下。」

我刻意冷漠回覆後，他似乎覺得這樣正好，上半身倏然倚在我身上。我嚇了一跳，心想「他要幹嘛」，猛然舉起拿在手上的書，而他趁機把頭靠在我的大腿上躺好。

「你在幹嘛？」

他的行為讓我很是無言，只好將拿著書的手懸在半空中，問他到底在幹嘛。明明只要推開他的頭就好了。不，我原本真的打算那麼做，但閉上眼睛的他，用疲憊的聲音接著說道。

「我好睏。」

隨後，他雙手交叉在胸前，呼吸逐漸平穩。他雙眼緊閉，身體自然地放鬆。我看著連眼鏡都沒摘下的他，咕噥道。

「我要把你推到地板上囉。」

我這般出言警告，他仍安穩地枕在我的大腿上，胸口規律地上下起伏。他毫無防備的模樣，反倒讓我想推開他的念頭全數消失。就算這樣，我居然真的讓神經病躺在我的大腿上睡覺？我是為了應付這傢伙，直接煩惱到發瘋了嗎？儘管無言，我終究不忍心推開他，只能將目光再次轉向手中的書本。可惜我一個字也讀不進去。根本無法平靜的心情，讓我一直忍不住看向他的睡臉。

——清醒一點。

我在內心告誡著自己，勉強將視線固定在書頁的文字上。

我好不容易才重新沉浸於書中世界，沒過多久，某個奇怪的聲音卻不知從何處傳來，挑動著我的神經。窸窸窣窣？外頭傳來讓我誤以為是風聲的微小聲響。我把書本放到一旁，專心尋找聲音的來源，並迅速找到源頭。

那是微小到必須專注聆聽，才能勉強聽見的細微聲響，但在意識到那是人說話的聲音後，我便徹底闔上書本。一定是有人站在門前小聲交談。知道愛麗絲的社長跟神經病是同一陣線，我依舊產生了戒心。是有人想暗中刺探情報嗎？我打算站起身，又立刻止住動作。此時此刻，還有個人正睡在我的大腿上。

要是我隨意動作，可能會吵醒他，於是我只好暫時無視那惱人的聲音。這麼想以後，我自己也覺得好笑，忍不住嘆了口氣。幹，誰管這小子會不會醒來？我低頭望著他，小心翼翼地用手撐住他的頭，再站起身。我把他的頭輕放在沙發上時，他也沒有醒來。

這時，令我在意的聲響又再次傳來。我想起原本的目的，靜悄悄走到門邊，耳朵貼近門縫。雖然細微，還是能透過窄縫依稀聽見，門的正後方，有人正在小聲爭論。

「我確定，裡面一定發生了什麼事，百元今天跟平常不一樣，我的第六感不會出錯。」

是社長。

接著，有人輕聲回話。

「我感覺一模一樣啊。」

當然，那是店經理。

不過社長並沒有放棄自己的主張。

「不，有哪裡不一樣，他騙不過我的眼睛。他現在說不定已經變成三百元了。」

幹。我好不容易才忍住不罵出聲。社長說起三百元的語調充滿期待，而店經理似乎知道三百元是什麼意思，制止了社長。

「那豈不是更不該看嗎？一不小心就可能被人誤會是變態。」

「身為家人，我出於擔心進去看看，哪會產生什麼誤會？」

「那您這個家人，就會被誤會是變態了。」

「喂！我哪是變……」

正想大聲斥責的社長立刻放低音量。

「咳咳，現在不是什麼聲音都沒聽到嘛？除非他們兩個摀住嘴巴辦事，不然偷看一下沒關係的，我沒有那麼瘋癲。」

「沒人像社長一樣正常了。」

「就是說啊，還有，喂，店經理，你有時候對我說話很無情耶。」

社長說得失落，店經理則用更失落的語氣回覆。

「社長，世界上像我一樣懂社長的人哪裡……」

「哪裡」後面的話，更清晰地傳入耳中。聲音來自於打開門的我的正前方。

「找……嚇！」

並肩蹲在門前的社長與店經理大吃一驚，雙雙跌坐在地。社長本來就是怪人，做出這種事也就算了，店經理卻令我深感意外。我注視著他，露出「你不該這麼做吧」

的眼神，店經理似乎讀懂了我的意思，臉上第一次顯露慌張的神情。不過，他又立刻露出時時刻刻保持的、機器人般的笑容，站起身來若無其事地解釋。

「我們為了修繕店內，正在研究門框的長度。對不對，社長？」

「咳咳，對啊，威惹修理內部，正債研究門縫。」

店經理隨口編造的謊言，因社長的破音而前功盡棄。我真是看不下去了，主動開口問道。

「有什麼話要跟我說嗎？」

我站在半開的門前，社長伸長了脖子觀察著我的身後。可能是神經病躺在扶手較高的沙發上，社長看不見他。只見社長露出吃驚的眼神掃視內部後，向我問道。

「傑伊出去了？」

「沒有。」

我搖搖頭，下巴指向後方的沙發。

「在那裡睡覺。」

「……」

忽然間，社長露出大吃一驚的表情愣住了。我以為是自己沒說清楚，又重複了一遍。

「他在沙發上睡覺。」

「睡、睡覺？在、在這裡嗎？」

有人規定他不能睡在這裡嗎？我正感到狐疑，就聽見了社長顫抖的聲音。

「喔，這、這樣啊。咳咳，原、原來他在睡覺。傑伊本來不會在隨便在外面睡著的，他、他卻睡在這裡。」

他最好不會隨便在外面睡著。我印象中他在外面睡得可香了，還曾經睡在公司天臺的長椅上。本來想這樣告訴他，但在聽到社長顫抖哽咽的聲音後，我一句話都沒能說出口。發生了什麼事？他的反應異常劇烈，感覺不只是單純地發瘋。我感到一陣匪夷所思，只好默默觀望。最後，他眼眶泛紅，又乾咳了幾聲，同時轉身背對著我。

「咳咳，啊，看來是傑伊現在，在、在這裡待得很自在了，咳咳。」

他試圖將臉遮住，但我隱約察覺他是因為過於開心才會那樣，再加上店經理也露出欣慰的表情恭喜社長。

「社長，真是太好了，理事似乎像小時候一樣，對社長敞開心胸了。」

「什、什、什麼叫太好了！我、我才不在意呢。他敞、敞開心胸又怎樣，咳咳……」

嘴上那麼說，他卻一副馬上就要哭出來的樣子，說是灰塵過敏便跑掉了。不過，跑走之前，他還不忘小聲命令店經理。如果我沒聽錯，內容是這樣的——

「店經理，去招待所有人糕點。」

就這樣，在社長離開去緩解灰塵過敏、店經理也離開去分送糕點後，我才把門關上，走回辦公室。當我轉過身，只見神經病已經坐在沙發上。他將手機貼到耳邊，正在接聽電話。不過，他沒說什麼，只回覆了一句「好的」，通話就結束了。可能是剛睡醒的緣故，他稍微皺起眉頭望著我。

「你為什麼在那裡？」

我沒有回答，而是關上門問他。

「社長跟你是什麼關係？」

神經病看了我一眼，乾脆地回答。

「叔叔。」

叔叔？可是社長說他們「曾經」是親戚……

「所以社長也姓韓嗎？」

神經病原本姓韓，依照我的推測，社長應該也姓韓才對，可我聽到的答案卻是——

「不是。」

我納悶地看著他，他才痠痛似的扭動肩膀，一派輕鬆地解釋。

「他本來應該姓韓，可是姓不了；我則是本來姓韓，後來改姓尹。」

真是越聽越迷茫。可能是我把想法直接寫在臉上了，神經病站起身，開口說道。

「沒什麼，就是我們兩個都被韓家趕出來的意思。對了，已經約好了。」

「約好什麼？」

「宋明新跟金會長。」

我垂下目光，望向他手上的手機。剛才那通電話聊的就是那件事嗎？

「聽說宋明新三天後要出國進行平面拍攝，四天後才會回來。我們約在他回國的隔天。」

那就是一週後囉。我在腦中計算日期，耳邊再次聽見他的聲音。

「我先告訴你，你不要嚇到。」

我反問了句「什麼」，望著走向書桌的他。他盯著螢幕，給出帶著笑意的回答。

「我打算輸掉第一回合。」

兩天後的早晨，車中宇的消息再次傳遍全國。他接受完警方調查，立即召開記者會。早上的公司休息室，瀰漫著透過電視傳開的各種消息。可能是昨天的記者會直播不斷被新聞媒體反覆播報，娛樂新聞節目整理的精華片段幾乎沒什麼人觀看。

不過，向來不看電視的我，此刻正專注看著經紀人不時入鏡的身影。車中宇臉色蒼白，眼睛直視著鏡頭。這並非理直氣壯，而是像要正視錯誤一樣，在說話期間，他的眼神幾乎沒有往下飄。他用沉穩的語氣道歉，表示自己做錯了。

他凝望鏡頭的眼睛有些泛紅，彷彿眼淚即將奪眶而出，不過他聲音平穩地繼續說著「對不起，我會深刻反省自己的錯誤」。從他的道歉，我回憶起經紀人獨自在紙上寫下密密麻麻字句的身影。

經紀人連一些很小的細節都寫了，比如手肘不可以靠在桌上、不能戴眼鏡遮住臉、目光必須直視前方，唯有開口道歉前才能短暫下移……等等。我曾問過他，是否真的非要做到這種地步，而他點了點頭。

「那當然，如果不是發自內心道歉，至少要徹底騙過大家。」

他那麼說著，又苦澀地繼續開口。

「即便如此，一定還是有人會看出他不是發自內心道歉。」

螢幕上，記者用責備的語氣問了句「既然知道是錯的，為什麼還要做出那種事」。令我感到神奇的是，這和經紀人預想記者可能問的問題完全相同。經紀人在那個問題底下，認真寫下了回覆。

——凝視記者拖延幾秒後，再放低目光回答。

「我很害怕，認為自己人生中最燦爛的日子會就此消失。我深怕自己無法適應辛苦的軍中生活而不斷作著噩夢，內心也感到忐忑不安，深怕自己在兩年的事業空窗期後，會遭人們遺忘。這是大家都必須承擔的恐懼，當時的我卻自私地只想到自己。」

——為了讓人感受到你對自己深惡痛絕，要特別強調「自私」兩個字。而為了給人深刻的印象，接下來這段話要說得心平氣和。

「所以當聽到有辦法逃脫兵役時，我動搖了。理性上知道不可以這麼做，另一方面，藉口說不是只有我這樣投機取巧的念頭卻越發強烈。最後，我抵擋不住誘惑，讓現在的自己後悔莫及。不，是我意識到了自己有多麼愚蠢。」

他完美演繹了經紀人安排的劇本與指示。無論是誰，看見他表露後悔與煎熬的神情，都會發出讚嘆。不過，真正讓我讚嘆的是記者的下一個問題。

「據傳，上網爆料的人，是你的前經紀人，這件事屬實嗎？如果是的話，遭受背叛的感覺如何？」

「先回答第一個問題，那並不是事實，因此我無法回答後面的問題。」

「可是他已經逃到國外……」

「既然不清楚情況，就請不要妄下定論。我依然相信他，也認為無論是什麼事，都有我能接受的理由。懇請各位不要在報導中臆測我的前經紀人，他沒有對我做錯任何事。」

清晰的聲音，證明了他對前經紀人的信任。我堪堪忍住笑意。朝對方揮高爾夫球桿的信任啊……好吧，能坐上頂級演員位置的他果然不是毫無演技。電視節目剪輯的記者會精華片段播完後，畫面切回攝影棚。有些人在討論車中宇的道歉，不過大部分話題都圍繞在車中宇為了贖罪，決定捐獻給社會的、過去十個月的收入。畢竟是將近二十億的龐大金額，反而成為了比車中宇道歉還熱門的話題。

「網路上已經吵成一團了，不過也有人罵說這些都是演出來的。」

稍早抵達的漢洙卸下斜背的包包，望向電視。

「但風向好像逆轉了，因為車中宇的解釋，只要是人都能感同身受，而且他還欣然捐出那筆鉅款，讓大部分民怨都消退了。再加上晚間傳出車中宇賣房籌錢的消息，甚至有人開始同情他。總之，現在的風向都相信他真的在反省。」

接著，漢洙露出笑容說了句「我們經紀人果然最棒了」。之所以一大早閒坐在冷清的休息室看電視，一方面是我們是沒什麼工作的新人，另一方面也是我們在等待某人。昨天深夜，我收到了一封簡訊。

——我聯絡亨碩說我也想加入，他說宋宥翰明天早上會去公司，他會去找他。

休息室在電梯附近，這裡的音樂有時也會傳到安靜的梯廳。我用買咖啡時借來的遙控器，調大了電視音量。現在只要打開電視就會出現車中宇的消息，如果站在那裡等電梯，一定會聽到。我從早上開始，就不停重複觀看同一段受訪畫面，但我仍沒看膩，畢竟我正在等待大魚上鉤。

「啊，對了，你昨天拜託我的事情，我找到合適的照片，也已經用 Photoshop 改完圖了。」

漢洙想起什麼似的開啟話題，一邊嘴角隱隱抽動，好像自己也覺得搞笑。

「是國外的照片，但我挑了一張超搞笑的，做完發現真的超級爆笑。再配上背景音樂的話，根本就是哏圖啊，哏圖！」

「上傳到網路上了嗎？」

他點點頭。

「昨天傍晚上傳的，我只上傳到一個地方，應該是迴響熱烈，所以擴散出去了。我確認了一下，還有人上傳到宋宥翰每天逛的論壇。從瀏覽數來看，應該很快就會登上熱門。啊，我拿給你看，就是這個。」

這麼說的同時，漢洙拿出手機，向我展示他儲存的照片。在停滿車輛的停車場中，有一臺高級跑車可惡地獨自占據兩個車格，那臺車的型號與明新的車子相同。而下一張照片是入夜後，所有車子都開走，唯獨跑車還留在原地。一臺更高級的車款橫擋在跑車前面，而車上飄浮著一個對話框。

【想開走就先推開我啊，破車。】

「是說，這種東西會有效果嗎？」

看我盯著照片，漢洙可能搞不太懂，他左思右想，才提起我拜託他的事。

「你叫我找一臺跟明新哥同款的車，盡可能惡搞它然後散播出去。我是覺得這樣應該會讓明新哥稍微動怒，但是……」

他沒把話說完，不過我已經猜到他想說什麼了。他想問的是——這種小小的復仇應該無法滿足你吧？

當然不夠了，這就和被我調大音量的電視一樣。如同此刻明新聽見電視的聲音走進了休息室，這只不過是為了激起他虛榮心的誘餌。視線固定在電視上的他，在走進休息室的途中停下腳步，發現我正盯著他看後，他瞬間皺起眉頭，隨後又冷淡地板起一張臉。我刻意在他面前拿起遙控器，把音量調得更大。

「……有人給予正面評價，說在這次的記者會聽見了誠實的道歉，而車中宇先生採用的贖罪方式，也不是做做表面工夫的反省。據消息人士指出，車中宇先生在股價下跌時嚴重虧損，為了履行將一切收入回饋社會的承諾，因此變賣了房子。亦有人指責他想用錢擺平一切，但對車中宇先生的說法產生共鳴的意見顯然更多。也因此，還有消息指出，原先有意向車中宇先生求償的廣告業主，可能會繼續維持合作關係。」

隨後，休息室陷入一陣沉默。靜音的電視仍在播放，但已無人觀賞。休息室裡的人寥寥無幾，要不是小聲交談，就是趴著補眠，就算電視沒了聲音也不會有人特別在意——除了一個人。

「這樣啊，這點小事就讓你想瘋狂炫耀嗎？」

明新繼續朝我邁步，並狠狠放話。我刻意不站起身，仰望著走近的他。

「也對，你能炫耀的就只有一臺破車，一定很羨慕吧。」

「什麼？」

他露出傻眼的表情俯視著我。

「你在講什麼鬼話？破車？就算你把自己賣掉，也買不起那臺車，你懂個屁啊？臭小子。」

一提起車的事情，他果然如我所料表現出劇烈反應。我感覺這畫面非常有趣，便聳了聳肩。

「就算我把自己賣掉，也絕對不會買那臺破車，王八蛋。」

明新睜大眼睛瞪著我看，好像我是瘋子一樣。最後他可能認為不值得與我爭吵，乾笑了一聲。

「哈哈，我要瘋了。你好像想用我的車挑釁我，但你似乎搞不清楚自己的地位吧？像你這種練習生，我可以輕而易舉壓制你。」

「那你就壓制啊。」

「好，我會的，你很快就會沒辦法踏進這個圈……」

「現在馬上。」

我打斷他的話，抬起下巴。

「不是說輕而易舉嗎？那你現在做啊。如果你的地位真的像你說的那麼厲害，不是有辦法一通電話就開除我這種練習生嗎？」

明新沒有回答，只是表情扭曲地瞪著我。而我則是繼續諷刺他。

「你果然連一通電話都不敢打。」

「……真有趣。你繼續鬼扯吧，這樣等你崩潰的時候，我才能笑得更大聲。」

他仍用力地咬牙切齒，卻沒有因我的挑釁而上當。

「你就繼續囂張吧，在你被趕走之前，我可以勉強多聽你說幾句。」

既然輕鬆的鬥嘴已經不管用，那只能提高強度了。

「你不是跟你的車一樣廢嗎？那我當然可以在這裡待更久了。」

「哈哈，就憑你？」

我點點頭，輕鬆地回答。

「因為我的金主會幫我。」

明新瞬間愣了一下，不自覺地屏住呼吸。他大概現在才想起我也有金主，即使他仍然不敢相信。

「而且就算我不當皮條客，我的金主也會為我實現所有願望。所以我正在思考，要不要請他輕而易舉地壓制你。」

他可能想忍住怒火，緊緊咬住下唇，過了一會兒才放話說道。

「既然他可以為你實現所有願望，難道你是拜託他讓你繼續當練習生嗎？」

「對，我就是這樣拜託他的。我說希望憑藉自己的本事往上爬，請他不要插手，以免傷了我的自尊心。不過，把你狠狠痛揍一頓又不傷自尊。」

「你真是謊話連篇。要是你真的釣到那麼厲害的金主，傳聞早就滿天飛了。不用想也知道，肯定是個沒什麼本事的老頭子。」

他的聲音越說越暴躁，我的心情卻越發愉悅。很好，上鉤吧。開始對我有所警戒，產生競爭的心態吧。

「那你直接去確認看看啊。」

「……什麼？」

「他今晚剛好會去愛麗絲。」

「愛麗絲」一詞讓明新瞇起了眼睛，他一定正在思考會進出愛麗絲的人有哪些吧。沒過多久，他便再次開口，大概是認為我的金主不在他需要提防的人當中，畢竟我的名字不叫「兩百元」。

「好，我會拭目以待。等你的厲害金主公布身分後，你再繼續這樣對我放肆試試看，小心我揍扁你。不對——」

他好像忽然想起了什麼，馬上噴笑出聲。

「我可以馬上就讓你難堪。上次跟你交手不成的那小子已經磨拳擦掌很久……！」

明新突然停下，驚訝地往後退了幾步。正當我納悶他為何表現出那種反應時，他開口問了一個問題。

「你誰啊？」

發現他的目光聚焦在我和漢洙中間後，我轉頭一看，頓時也被嚇了一跳。

「呃啊！」

漢洙受到了更大的驚嚇。這也難怪，就像突然從土裡冒出來一樣，有個人正坐在我們中間的椅子上——是新來的現場經紀人。這個大叔是怎樣？剛才明明沒人在啊？

我一直盯著休息室入口，根本沒看見他從那裡走進來，他究竟是如何無聲無息坐到這裡的？連我都如此驚訝了，漢洙會露出彷彿活見鬼的表情也是情有可原。即使三個人都震驚地盯著他看，他還是睡眼惺忪地反問我們。

「早餐要什麼時候吃？」

「……你想吃就吃。」

我代替震驚到尚且無法開口的漢洙回答後，他緩慢舉起手，抓了抓自己黑白夾雜的頭髮。

「可是我聽說公司有供餐。」

現場再次陷入一陣冷場的沉默。多虧如此，啞口無言的明新只留下簡短一句話，便轉身離開。

「幹，你們這群人全都很煩。」

我看著明新逐漸遠去的背影，聽見終於回過神的漢洙開口問道。

「呃啊，我真的被嚇了一大跳。大叔，你究竟是什麼時候來的？」

問完後，只聽現場經紀人咕噥了一句「剛剛」。剛剛？我想著想著，終於想通了。我一大清早來到這裡的時候，已經有個人趴在桌上睡覺。那他到底幾點就到了？我不敢置信地觀察著他，才發現他比想像中年輕。因為他的頭髮白了一半，原本猜測他的年紀將近五十，近看才發現應該只有四十歲出頭。但不管幾歲，都一樣是個表情呆滯的大叔。而且不知道他是不是很膽小，他的聲音小得像在咕噥，讓我必須認真側耳才能堪堪聽清。

「剛剛？你今天可以不用這麼早到耶。我們除了下午要拍攝傳單廣告以外，沒有其他行程。」

他輕輕點頭，而後出聲回答。

「可是我的工作是按時薪計算。」

「……」

「……」

我第一次開始想念我的經紀人了。

「馬上就會變成關鍵字了，最近只要照片傳開，就會立刻登上熱門關鍵字。」

被胸有成竹的漢洙說中了。傍晚結束工作後，我用攝影棚的電腦搜尋「破車」兩個字，真的出現了明新的跑車。這下需要有人搧風點火了吧？我前往愛麗絲前，順手打了通電話。幸好車中宇的現場經紀人還記得我，替我把電話轉給了車中宇。

『李泰民？你要幹嘛？很煩耶。』

耳邊傳來他劈頭發牢騷的聲音。大概是剛展現完人生最高難度的演技，讓他極為疲憊吧。我無視他的抱怨，直接問他。

「你覺得很悶吧？」

『你問這個幹嘛？』

「我可以讓你難得出來透透氣。」

『別搞笑了，你怎麼知道我悶不悶？』

「你已經厭倦被關在家裡，只能對無辜的人出氣了吧？我可以讓你好好罵個夠。」

他立刻反問我。

「用什麼方法？」

「來愛麗絲吧，可以讓你一解心頭之恨的宋宥翰，就在那裡等你。」

這個名字，讓話筒另一頭頓時陷入沉默，大概是一聽見這個名字，就恨得牙癢癢吧。果不其然，他低聲問我。

『那傢伙現在在那裡？』

「對，而且我還有個效果顯著的方法，可以踐踏他的自尊。」

『什麼方法？』

「你要刺激宋宥翰的時候，就嘲笑他的車吧，應該會立即見效。」

車中宇不太相信地問了句「你怎麼知道」，我便下意識開口回答。還能是怎麼知道的？託你的福發現的啊。

「既然手錶行得通，更貴的車子當然也行得通吧。」

其實來到愛麗絲，讓我稍微有些不自在。不自在的原因是我努力無視，卻還是一直想起的神經病。被漢洙勘破的、我在等他和我聯絡的真相，還有兩天前在愛麗絲，自己看著他感受到的慌亂，這些事情仍牢牢占據我的心中，並未消失。如果可以的話，我其實並不想過來，但實在沒有其他比愛麗絲更適合的地方了。

更何況我是一個練習生，能以這種身分自由進出的場所並不常見。所以當迎接我的店經理告知神經病不在時，我內心忍不住鬆了一口氣。只不過，現在安心還太早了。

「社長正在等著您。」

我沒說要來，他居然在等我？店經理可能看出我沉默背後的意思，露出機器人般的微笑回答。

「演員宋宥翰先生有交代，如果有個叫李泰民的演員來了，就要通知他一聲。」

看來他真的非常在意我的金主是誰。我想像著正在焦急等待的他，向店經理拜託。

「可以等一、兩個小時過後，我告知你的時候，再通知宋宥翰說李泰民來了嗎？」

「要是他在那之前就離開怎麼辦？」

「他不會離開的。」

我笑著讓他放心。

「他絕對不會離開。」

既然他已經把我當敵人看待，就不可能離開。而我打算趁剩餘時間，悠哉地閱讀神經病給的書。當然，在那之前還有件事得處理，而我也已經做好心理準備了。

「可以帶我去社長辦公室嗎？」

店經理點點頭，一如往常地為我帶路。我下定決心，不管社長這次說了什麼鬼話，都不能被他嚇到後，將門推開。沒想到，一陣撲鼻而來的濃烈香氣，讓我不得不愣在原地。而辦公室裡的景象更是令人無言，此時，裡面正擺滿了花圈與花束。

看似祝賀用的花圈與花束上，掛有寫著字的彩帶，最顯眼的句子是「賀，家人重逢」與「了不起，叔叔」。坐在書桌前辦公、被包圍其中的社長，露出意氣風發的表情。早就知道他個性浮誇，但再次體會到這點後，我還是有些驚訝，他到底是怎麼創業成功的啊？

「喔，百元，你來啦？」

我深吸一口氣，走進被繁花擁簇的地獄。只見他抬起下巴、眼神發亮，表情有些奇怪，彷彿希望我發現什麼似的。我走了幾步，無奈地假裝環顧四周，勉為其難地發問。

「……社長好像遇到了什麼好事？」

「嗯？好事？沒有啊，哪有什麼好事，哈哈哈，沒有那種事，啊哈哈哈！」

他彷彿就等著我提起這個話題，立刻開懷大笑地站起身，並指向周遭。

「這個沒什麼啦，喔，不知道是從哪裡聽說的，大家紛紛送來了這些東西。」

你到處分送糕點，人家當然會這樣了。但上面居然寫「了不起，叔叔」？別人看到會以為你考上首爾大學的叔叔系吧。我瞥向那些文字，而社長開始假裝咳嗽。

「咳咳，你大概不知道吧，其實我是傑伊的叔叔。」

之前聽神經病說過，我早就知道這件事了。但我擔心說出來的話，激動的社長會將糕點分送到全球各地，只好點點頭表示了解。接著，他露出有些失望的表情。

「你怎麼不太驚訝？」

「你之前不是說過，你們是親戚嗎？」

「喔，這倒是……」

將頭撇向一邊的他，噘起下唇。他大概期待我像其他送花圈來的人一樣，給出熱烈的反應，我沒有那麼做，所以他在鬧脾氣。當然，我本來一點也不想安撫他，但進來之後，我才想起自己有事要拜託他。如果要求被叫到明新包廂的公關提起車子的事，那小子會更火大吧？只要善加利用這點，明新說不定會如我所願直接換車。我一邊動腦思考，一邊緩緩開口。

「而且其實你們兩個很像，我早就猜測你們是親戚了。」

「很、很像？」

我點點頭，而他的臉瞬間漲紅。

「咳咳，對啦，常、常聽別人這麼說。」

他絕對是第一次聽到。社長為了忍住喜悅，整張臉扭曲得像在發火。感覺現在對他提出要求，他一定有求必應。我的讚美也是源自這種意圖，但對方的反應實在太率真了。社長的眼睛像孩子一樣，流露著快樂的情緒。見此，我忽然不想拜託他了。

就算不拜託他這件事，我也有辦法刺激明新。儘管這樣自我辯解，我心底還是感到莫名羞愧。他因為神經病的微小變化，認為他們拉近距離而興高采烈的心，讓我不自覺地心軟了。他能輕易有所反應的心臟……不，或許是他能藉由分送糕點這種滑稽行為表露情緒的性格，也令我感到羨慕。因為我不能那麼做，我不能有任何感覺。就算有，也必須……徹底消除。與此同時，我不由自主地想起了一張臉——這幾天讓我的心情變得奇怪的傢伙。

「對了，看來你今天不是來找傑伊的？我沒有接到通知說你會來。」

我一邊點頭回答，一邊在內心得出結論。原來如此，我現在必須消除這種感覺的原因，是我對神經病產生了反應，無論是愛還是什麼。

「我拋出誘餌給宋宥翰，說我今天會在這裡見金主。不過實際上，我想讓他撞見車中宇。」

社長恢復平時的表情，迅速看穿了我的意圖。

「我聽說車中宇馬上就要去當兵了，正在低調當志工，你利用車中宇……只是為了讓對方墜入更大的陷阱，先拋出的一個小誘餌嗎？」

我點點頭。

「更大的陷阱啊……」

這麼咕噥的社長噗嗤一笑，瞬間洞察了我計畫的核心，讓輕易就被拆穿的我不禁緊張了起來。

「原來你想把他從金會長身邊弄走啊。」

等待車中宇抵達的期間，我自然是待在神經病的辦公室。原本擔心這麼厚的小說不知道什麼時候才讀得完，沒想到我已經讀完第一集的一半了。由於聽了作為小說核心的那首流行歌曲不少遍，主角回味到令人厭倦的歌詞，正與音樂一同在腦海浮現。我幾乎沒意識到時間流逝，直到手機鈴聲響起，我才將目光從書本移開。

「喂？」

『我進到包廂了，宋宥翰那傢伙在哪？』

我看了看時鐘，發現自從上一次跟他通話，已經過了一小時三十分鐘。他應該是花了一些時間，才成功偷溜出來。我留下一句「等我」，便掛斷電話。走出辦公室後，我先去找了店經理，請他傳話給明新，隨後才刻意以非常緩慢的速度，前往車中宇所在的包廂。

我沿著彎彎曲曲、無論走了幾次都不習慣的迷宮走廊，在服務生的帶領下抵達了某間包廂。我在包廂前拿出手機打發時間，但好像也不需要刻意找事做，在我假裝看手機時，一個熟悉的聲音打斷了我。

「幹，李宥翰，就讓我看看你引以為傲的金主長什麼樣子吧。」

從轉角走來的明新，站到我面前，望著包廂的門。

「他在裡面嗎？那個當你金主的白痴？」

彷彿要決鬥般抬高下巴的明新，似乎篤定不管裡面是什麼人，都不可能贏過自己的金主金會長。我握住把手開門，並稍微往旁邊退了一步，讓他可以看見包廂裡面。

「你好奇裡面是什麼樣的白痴嗎？」

我慢條斯理的語氣似乎讓他察覺異狀，迅速轉頭看向我，不過我已經轉動門把，把門打開了。緊接著，吊兒郎當坐在沙發上的人朝我們看了過來。那人一開始先看到我，接著立刻和一旁的明新四目相對。我聽見身旁傳來倒抽一口氣的聲音，開口向車中宇介紹。

「他很好奇你是什麼樣的白痴，要不要跟他自我介紹一下？」

車中宇盯著明新，緩緩起身。

「喔，好奇我是什麼樣的白痴啊？」

見他挪動腳步，堪堪回過神的明新低聲放話。

「幹，你、你就是他的金主嗎？」

他不敢置信的語氣，讓車中宇在還剩幾步的距離停下腳步，撇嘴說道。

「你在胡說八道什麼？我跟那傢伙沒見過幾次面，幹嘛當他的金主？」

接著，明新猛然轉頭看我。我愜意地倚著門框，雙手交叉在胸前，一副看好戲的樣子。看著我怡然自得的模樣，他忍不住咬牙切齒。

「你騙我？卑鄙小人……」

「難道帶著瘋狗，把我叫去停車場就很正直嗎？」

我提起他帶了同伙才叫我過去的事情，他憤怒的表情立刻消失了。

「他媽的。也對，你是個喜歡以牙還牙的傢伙。」

「沒錯，你就拭目以待吧，我要奉還回去的事情可多了。」

「無所謂，反正你想奉還的東西只會不斷增加。」

語氣冰冷的他，瞇眼輕聲說道。

「你很快就會被輾壓到再也站不起來了。」

如預告般撂完狠話，他往後退了一步，卻聽包廂裡傳來嘲諷的聲音。

「人數比不過，就想落跑了？」

明新迫於無奈抬起目光，而車中宇正斜眼俯視著他。

「聽說你好奇我是不是白痴？」

「……」

沉默不語的明新似乎恢復了冷靜，直盯著車中宇。接著，一句帶著笑意的催促傳來。

「怎麼不說話？王八蛋。」

車中宇再次與明新對視，開口問他。

「我在問你，你想知道我是不是白痴，是嗎？」

明新仍說不出話，而車中宇繼續上下打量著他。

「其他就算了，不過有一點我倒是可以告訴你。你看起來一副窮酸樣，穿的那也叫衣服？」

接著，他轉頭看我。

「那個練習生比你好多了。」

「車中宇，你說話小心點。」

「說話小心點？喔，好，不好意思啊，這樣一看才發現，你的衣服確實挺好的，但就只有衣服而已。因為你太窮酸了，導致衣服看起來也很垃圾。也對，底子是垃圾，就算穿上再高級的服裝也沒用。你以為你這種鄉巴佬穿上那種衣服，就會像我一樣變成大明星嗎？忽然想到，你先前不是還模仿我，結果被罵了好幾次？居然到現在還不清醒啊。」

「至少比因為逃兵醜聞而變成抹布的你清醒。」

明新反擊後，車中宇嘴上的笑容消失了。

「馬上就要被撕得比抹布還碎的傢伙，還敢嘴砲。」

「什麼？」

「你好像對自己的金主深信不疑耶，要是你的金主真的為你著想，才不會讓你開那種破車。」

再次提起車子的話題後，明新似乎也察覺到了異樣。可能是這個緣故，他沒能立即反駁，車中宇當然不會放過這個機會，對著我大聲嘲笑他。

「那小子不知道自己的車很破，還高高興興開去兜風，自以為很帥氣。」

「你們……在鬼扯什麼？」

「你去網路上搜尋看看，看你開的那臺幼稚跑車被取了什麼綽號。」

霎時間，明新如同屏息般，表情瞬間僵住了。對他來說，車子是彰顯自己成功的現實指標，他極有可能將車子的價值折損，視為自己身價下跌。就算再高級的車，要是被人取綽號嘲笑，他鐵定會感到羞恥。就像車中宇因為手錶而卻步，接受了所有條件一樣；對明新來說，車子象徵著自己一路走來累積的成就。車中宇對著說不出任何話的他，作出了最後一句毒舌總結。

「也對，如果沒有金主，你也不過是個空殼，根本買不起更貴的車。不是嗎？死乞丐。」

看著明新離去的方向，我知道自己猜中了。在我的預想中，即使被爆出逃兵醜聞，車中宇直到不久前仍被明新視為標竿，他說的話絕對是相當大的刺激。明新明天就要出國跑行程，在他回國前，大概會一直坐立難安、滿腦子只想著車子的事吧。而我當然要讓情況變得更有趣囉。這部分，我已經從面善男的簡訊得到了情報，安排起來並不困難。

——我正在跟亨碩見面討論，他好像已經有所不滿了。

我想也是。畢竟明新只是負責幫金會長口交，卻拿走一切好處，有那種反應很正常。

「喂。」

我因事情辦完正準備轉身離去，仍留在原地的車中宇叫住了我。我回過頭，他朝著明新離去的方向瞥了一眼，開口問我。

「要幫你介紹嗎？」

介紹什麼？這個疑問被他隨後的說明解開了。

「雖然不如金會長有權有勢，應該還是能幫到你。」

「我不需要。」

「為什麼？你覺得自己有辦法跟他對抗嗎？清醒一點吧，如果只有宋宥翰自己一個人，你可以繼續像現在一樣，抓著他的把柄控制他，但他背後有金會長。」

我直直看著他，語氣堅決地說道。

「我不是自己一個人，你不用管。」

「你不是自己一個人？你真的有金主？」

他瞪大眼睛，好像非常意外似的。

「是誰？要對付金會長的話，必須是個厲害的大人物耶？」

「不關你的事。」

我冷漠地打斷他，並補上一句忠告。

「玩夠了就回去吧，別讓我的經紀人操心。」

他在背後不依不饒地大聲詢問是誰，但我沒有理會，繞回了辦公室所在的後方走道。已經習慣從後門離開，我不知不覺就走到這裡來了。反正我本來也得過來一趟。不知道從何處冒出的店經理，又把我帶回了社長辦公室。當我因再次墜入繁花地獄而努力憋氣時，社長拿出了某樣我先前看過的眼熟物品。

「你幫我把這個拿去傑伊家。」

我低頭看著那箱補藥，提出了合適的建議。

「請你找快遞或宅配吧。」

「……」

「要我幫忙找嗎？」

說完後，他猛然轉過頭，獨自嘟囔。

「……不收……不開門……」

社長的咕噥小到幾乎聽不見，但我大概理解了。不用想也知道，一定是吃了閉門羹吧。暫時低下頭的社長，用堅毅的表情抬眼看我。他那樣望著我的目光，讓我頓時忘了濃郁的花香，只能愣愣地等待變得真摯的他開口說話。

「嘿，百元。」

「是。」

「傑伊最近好像工作不順。應該是美國的事情吧，他想獨自搞定，回到韓國後一直不眠不休埋頭工作。」

「……」

「可是他這幾天看起來狀態很糟。他必須借到某樣東西，但似乎不太順利。所以你幫我拿過去吧，畢竟我能做的只有這些。」

我靜靜凝視社長，過一會兒才伸手接過箱子。

「我沒辦法保證他會收下。」

即使我附帶了條件，社長還是笑得和孩子一樣開心。

可以為了這種事用鑰匙嗎？走到門前，我才開始苦惱。遲來地對答應社長的請求感到後悔，但我現在已經來不及轉身離去了。我不能見到他。若想在不安的情緒紮根前就將它徹底斬斷，應該盡可能遠離他才對。不，我應該忘記他整整一週，或至少幾天，讓自己冷靜下來，但我居然就這麼來了。

我在原地站了一陣子，最後決定放好東西就出來，一邊祈禱神經病不在家，一邊用鑰匙開門。門鎖的電子音響起，門也應聲開啟，屋內的亮光透了出來。接著，我聽見了低沉的嗓音，那是神經病正用英文對某人發脾氣的聲音。鏗鏘有力的低語，讓我還沒踏進門，就開始有些擔憂了。

那種擔憂徹底擠開了我在門前的苦惱。認為不能把任何一點真心交付出去的堅定決心，太輕易就融化消失在某處，令我感到無言。我脫鞋走了進去，看見他站在廚房入口。他似乎是去裝水時接到電話，手上還拿著瓶蓋尚未轉開的礦泉水瓶。

他語氣強硬，對電話那頭發出警告，一手粗魯地撥起頭髮，同時挪動目光，發現了我。感覺他停頓了一下，隨後又繼續說了下去，迅速結束了通話。

「……」

「……」

我們默不作聲地凝視彼此，他率先垂下目光，看見了我手上的東西。

「你是為了那個來的？」

——對，我是為了這個來的，愛麗絲的社長要我轉交給你。

這是個非常好的藉口，我卻像逃避般，用問題代替回答。

「發生什麼事了？」

他挑起一邊的眉毛，似乎不懂我的意思。我用下巴指向他的手機，語氣生硬地問道。

「你講電話時在發脾氣。是不是工作不順？」

「……」

「金會長果然在妨礙你？」

我問了一連串問題，卻沒聽見他的回答。不過，他的表情變了。

「笑什麼？」

我這麼問完，就見他緩緩朝我走來，隨意將手上的水瓶和手機丟到桌上。水瓶滾過桌面，掉到地上發出響亮的砰咚聲。但他和我都沒有看向聲音的來源。他臉上浮現感到意外的笑容，在距離我幾步之遙的地方停下腳步。接著，他側頭俯視著我。

「我說你——」

「……」

「是在擔心我嗎？」

他像閒聊一樣，輕鬆問著。或許是我們兩個都清楚知道我會說出什麼答案。搭配髒話，對他說「別搞笑了，我不可能擔心你」之類的。可這一次，我卻開不了口。好奇怪，我感受不到自己手上提著沉重的補品，只能愣愣凝望著他逐漸變化的表情。笑容從他臉上消失，眼睛卻迸發出更強烈的、吸引著我的光芒。

「李宥翰，你在擔心我嗎？」

「……」

我感覺現實如靜止的畫面般被徹底定格。在他大步走來抓住我的肩膀前，我甚至以為自己的心跳也停止了。當溫暖的氣息觸碰到嘴唇，好似凍結的心臟才再次發出隆隆聲響。

人沒辦法單憑意志控制自己嗎？這個問題是我現在感到混亂的原因。要是萌生了不必要的感情，又無法憑藉意志將其斬斷，究竟該怎麼辦？或許這一切都可以歸咎於始料未及，畢竟我不認為自己會愚蠢到放任自己對某人萌生感情。

但我卻一敗塗地。我忘了自己決定保持警戒、不再陷入奇怪悸動的決心，反而不小心勘破了某種我一直試圖忽視的情緒。結束毫無抵抗的親吻時，我終於察覺到，自己一直以來感受到的心情究竟是什麼了——我喜歡他。

他捧著我的臉挪開嘴唇、慢慢抬起頭的模樣，如同剪輯過的影像片段，在我眼前不斷重複播放。無視自身意志，我的大腦不受控制地想著他。我意識到自己根本無法阻止這種情況發生，落敗感又一次將我吞沒。

稍早讓親吻停下的，是神經病的電話鈴聲。

坦白說，要是沒有那通電話，我不確定這個吻是否會被終止。停下接吻後，仍緊抓著我手臂的他，以及沒能擺脫束縛的我，似乎僅存一層薄冰般、好不容易才恢復的理智。

耳邊傳來聽不懂的內容，我強迫自己將目光從嚴肅講著電話的他身上挪開。宛如繁星灑落的夜景，舒緩了我被熱意盈滿的心臟，但我還需要其他能讓頭腦冷靜下來的東西。幸好，那樣東西就潛藏在我的記憶之中。

即便沒有足夠的理性來控制自己，曾經的那個瞬間依然能代替失控的心緒將我禁錮。我活了二十六年，然而我所擁有的，似乎僅有五年前的那個瞬間。這段唯一的過往和過去五年一樣，在這次也奏效了。

仍然有效。

「可惡。」

熟悉的語言，讓我回頭看向他。神經病掛斷電話，再次凝視著我。也不曉得他罵的是稍早的電話還是我，但我率先撥開他的手臂，往後退了一步。他異常認分地放手，再次短暫咒罵。

「媽的。」

「……」

「你又恢復成平時的樣子了。」

喔，是這樣嗎？那真是太好了。獲得證實的安心感，讓我終於能再次開口。

「有需要為了這樣罵我嗎？」

「我是在罵自己。」

接著，他輕聲咕噥著原因。

「不該接電話的。」

我這才依稀明白他放手的原因。原來他認為是自己的錯，或許不小心犯錯後還用蠻力抓著我，有損他的自尊心吧。他面無表情地盯著我看了好一陣子，才開口問我。

「你想起了什麼？」

「什麼？」

「是什麼讓你如此輕易恢復成平時的樣子？」

逐漸冰冷的語氣，讓我知道他也恢復成平時的模樣，就好像我潑了他冷水一般。

但你也不該因此追根究柢吧，臭小子。

「不關你的事。」

「是殺死家人的罪惡感？」

太過輕易就看穿我的內心，並若無其事地戳中要害，他的話語近乎殘忍。

「還是你說不可以獲得幸福的、那煩人的贖罪？」

「少囉嗦。」

「喔，囉嗦。」

他忽然撇嘴，眼神犀利地盯著我。

「那的確是你的問題。你長久以來不願聆聽，也不願正視，只執著於犯下錯誤的那個瞬間，從而忽視過去五年的自己。」

我瞪著他，打算說出一如既往的反駁——你不要胡說八道。可他接下來帶著冰冷笑意的聲音，讓我如銅像般徹底僵住。

「所以你絕對不敢一個人哭吧。」

曾經聽過的話語，更沉重地壓在了我的心上。他究竟知道些什麼，才會說出那種話？彷彿祕密被揭穿的慌張與憤怒，在我瞪著他的眼中隱隱流淌。他沒有收起笑容，反而目露凶光，看起來比我還要惱怒。

「接下來這番話是我盡可能保持理性，像紳士一樣說出來的，所以你最好仔細聽清楚了，要是你再推開並試圖消滅對我有反應的心臟——」

他的眼神像極了一咬住獵物就絕不鬆口的危險猛獸，讓他接下來說的話聽起來恍若咆哮。

「我會用我的方式顛覆那段支配你的過去，不在乎你是否會痛苦到無法呼吸。」

我頓時想對自己破口大罵。我厭惡自己在聽見他的低聲警告後，不僅沒有發火，反而有種安心的感覺在心臟蔓延。我看著他，用不像自己聲音的生硬語氣，說著宛如事實的謊言。

「別自作多情了，居然說我的心臟對你有反應？你怎麼知道？」

我認為這是個找不到正確答案的問題，無論他說出哪種答案，我都有辦法否認。然而，他的回答卻讓我一句話也說不出口。

「還能怎麼知道？你的眼睛、你的表情，甚至是你手指的每一個動作，都在努力裝作不認識我。」

頭側向一邊的他，嘴角露出肅殺的微笑。

「現在就連我的心臟，也對你發情了。」

為車中宇奔忙的經紀人，一有空就勤奮地為我和漢洙接洽工作。雖然大部分是小配角，或上次拍過的那種平面廣告，但他向我們強調，可以多站在鏡頭前表現出不同面貌，這樣的經驗是花錢也買不到的。

他提高的音量，聽起來像是接不到像樣的工作而感到難為情，才會極力狡辯。不過相信他說得沒錯，我和漢洙還是與奇怪的現場經紀人大叔認真奔波了幾天。

這讓我非常慶幸。原本的我從不需要為了遺忘某件事而奔忙，畢竟光是要準備一步步向明新復仇，腦袋就已經被徹底占滿。可當我放鬆下來，總會想起與神經病的最後一次對話。

見我說不出任何話，他才一臉滿足地退後。

「我明天早上要去美國，在我回來以前，你只要繼續擔心我就好，知道了嗎？」

該死的神經病。

「聽說他明天回韓國。」

突如其來的話語，讓我不自覺屏住呼吸。

「……誰？」

漢洙咀嚼著嘴裡的麵包，簡單回答。

「明新哥。」

噢，差點忘了那小子也出國了。在我回想起來後，咕嚕嚥下食物的漢洙，口齒清晰地繼續說道。

「他好像有什麼急事，提早一天回來。早上我去辦公室拿經紀人託我拿的資料時，聽見明新哥的經紀人說自己快瘋了。」

急事？應該不是跑車的關係，發生了什麼事嗎？我突然想起這幾天與面善男互傳的訊息。

——我在一旁慫恿他，他卻沒有輕易上鉤，大概是非常害怕宋宥翰吧。

我本就不認為光靠慫恿就能讓他輕鬆上鉤，而是需要讓他產生超越恐懼的憤怒才行。

——我會準備好讓他改變心意的契機，你就繼續搧風點火說他被宋宥翰利用，卻沒有得到應有的回報，叫他好好把握宋宥翰不在的機會。

他最後傳來的訊息內容如下。

——好消息，明天金會長因為工作關係，要去我們公司一趟，亨碩決定隨行了。

看見這則訊息的時候，我還以為是金會長不滿足於只憑照片挑選要淪為獵物的藝人，打算直接過去見見商品。既然金毛答應隨行，感覺更是如此。儘管這是金毛可以更靠近金會長的機會，看起來卻不像能讓明新提前回國的急事。那明新為什麼突然提早回來？和金會長來公司要辦的事有關嗎？就在這時，吃完麵包的漢洙輕拍著手，接續說出另一件事。

「對了，還有啊，我在辦公室聽到了奇怪的傳聞。」

「傳聞？」

「聽說我們公司的社長，說不定會退出經營。」

我回想著曾在地下停車場碰見的社長，就見漢洙歪頭繼續說道。

「可是很奇怪吧？我先前聽說社長支持尹理事，傳聞卻說他要讓另一個人接手社長的位置。」

「另一個人是誰？」

「社長的兒子。聽說他在國外讀書，可能是快要畢業回韓國了吧，所以……」

漢洙又說了一些他知道的情報，我卻完全聽不進去。雖然不希望想起神經病要我擔心他就好的調侃，我卻不由自主產生疑惑。這個消息一定對神經病很不利吧？不，這只是傳聞，就算真的屬實，或許神經病打從一開始，就沒有覬覦社長的位置。

就算真是如此，這對他來說依舊是個壞消息。我一直在腦中反覆思考著，究竟為何這小子身邊總是處處充滿危機？我忍不住想嘆氣，又強行忍住了。不經意挪動目光時，才發現總像透明人一樣、毫無存在感的現場經紀人，正默默凝視某處。

而他看向的地方，正好傳來了嘈雜的聲音。漢洙說他肚子餓，忙著又塞了一塊麵包到嘴裡，只有我順著現場經紀人的目光，抬頭望了過去。但還沒看清楚是誰，就聽見他的喃喃自語。

「……真像蛇。」

我不由自主地挪動視線，瞥向出現在入口的幾人之中，一個矮小的老人。那是由幾名公司高層，與後方的瘋狗和金毛陪同現身的金會長。一名五十歲出頭的幹部好像在介紹公司環境，伸手指著建築物內部的各個角落進行解說。

身材矮小的金會長緩慢地掃視著休息室，用他貪婪的蛇眼，如窺伺獵物般，掠過視線範圍內的每個人。就在這時，在他身後比他高出整整一大截的瘋狗認出了我。與我對視的他一陣竊笑，垂涎般伸舌舔了舔嘴唇。

他往前一步，在金會長耳邊簡短說了些話，而金會長也緩緩移動目光，看向我們所在的位置。儘管是第二次相遇，仍與初見時一樣，一股毛骨悚然的感覺倏然沿著脊背竄升。

銳利的蛇眼掩藏在布滿皺紋的眼皮底下，他盯著我看了一會兒，便將視線稍微挪向旁邊。我不知道自己的心臟為何在那時漏了一拍。我轉頭望著他凝視的方向，鼓起腮幫子猛啃麵包的漢洙只顧著吃東西，根本不曉得入口有一群人出現。

我轉頭看向金會長，發現他的目光仍停留在漢洙身上。片刻過後，他彷彿看上獵物般，嘴角綻出一個讓人不寒而慄的陰鷙笑容。他開口說了些話，站在一旁的金毛趕緊跑過去，瞥了我和漢洙一眼，認真地在金會長旁邊小聲耳語。出於強烈的不安，我的身體不由自主地行動了。

——嘰咿。

我猛力將椅子往後一推，迅速站起身，擋在漢洙前面阻絕視線。最先察覺我動作的瘋狗咧嘴一笑，隨後，一旁瞇起眼睛的金會長也恢復原本的面無表情。

他轉頭面向瘋狗，朝著我的方向舉起皺巴巴的手指。我憑藉著曾經混跡於社會底層的直覺，知道他指的並不是我，而是我身後的漢洙。那個老頭看著我的舉動，更加刻意地伸手指指點點。

要是我沒有衝動地做出反應，興許一切就能安然度過，我是不是反而刺激到他了？恐懼在大腦生根發芽，即便金會長一行人已然消失，我仍在原地動彈不得。當我感覺有人拉住我衣角而回頭時，嘴角還沾著麵包屑的漢洙，一臉疑惑地抬頭看我。

「你站在那裡做什麼？在看菜單選麵包嗎？」

漢洙眨了眨眼，目光在遠方的商店和我之間來回游移。他平時讓人哭笑不得的傻問題，這次卻化作另一種情緒無端地在我的心中蔓延。是曾經對神經病產生反應的心臟終於失控了嗎？我發現自己擔心的範圍似乎變得更廣了。

「漢洙。」

「嗯？」

「你這幾天去其他地方……」

「啊，等我一下。」

漢洙一臉愧疚地打斷我，接起響著鈴聲的手機，隨後馬上興高采烈地抬起頭，指著手機開口。

「哇，經紀人！泰民先生，是經紀人，他打來了。經紀人，我好想你喔！你什麼時候回來？什麼？明天嗎？蛤，今天就回來嘛！我真的很無聊耶。泰民先生本來話就不多，新來的現場經紀人大叔還每天只會睡覺！」

對經紀人告密的他，聲音清亮而開朗，我卻沒辦法像平時一樣冷靜。我壓抑著內心的煩躁轉過頭，看見不知不覺間，已經趴在桌上睡著的現場經紀人。

「你居然約我見面，有什麼事嗎？」

面善男站在約定會合的地鐵站入口，一見到我便劈頭問道。可能是比預期更早出院，他的臉色仍不太好，但卻沒了先前吃力的模樣。我帶著他走向此前去過一次的目的地。

「亨碩怎麼樣了？」

「他非常興奮，激動地說找到金會長確定會喜歡的獵物了，還說不管怎麼樣，都要把對方拐去派對。啊，派對指的是他們幹的骯髒事。」

「……獵物是誰？」

「這個嘛，我沒聽到名字。但既然亨碩想拐他，如果不是新人，就是你這種無名小卒吧。」

隨口回答的他彷彿已經徹底麻木，語氣輕鬆地繼續說道。

「雖然不知道是誰，既然被金會長親自看上，恐怕不會遭殃一次就結束。」

「……」

「是說，我們要去哪裡？」

跟在我身後的他，又問了一次同樣的問題，但我滿腦子都想著另一件事，幾乎是抵達目的地後才開口回答他。喀噠、喀噠。我們走進掛有整潔招牌的三層樓建築，沿著木頭樓梯往下，原本正感到狐疑的面善男，在入口處倒抽了一口氣。

過。

「嗯？這裡是……」

然而他的話，在我打開門後，就被裡面傳來的、李攝影師彷彿等候已久的呼喊蓋過。

「哇！是本人！是泰民先生本人——！」

員工已下班離去，工作室內部寬敞，給人一種空空蕩蕩的感覺。不過，有個人的聲音填滿了那個空間，確切來說，是他斷斷續續的嘟囔抱怨。

「嗚嗚嗚……我去到亞馬遜以後，為了尋找泰民先生而進入叢林……嗚嗚嗚嗚……卻被鱷魚、被鱷魚……」

李攝影師支支吾吾說不下去，一臉驚慌聽著他發牢騷的面善男，驚訝地問道。

「嚇，被鱷魚咬了嗎？」

「不是，是被鱷魚瞪了……哎喲！真的好可怕！牠的眼珠一直跟著我轉動！」

「……」

面善男轉頭看我，露出理解我為何從一開始就不回話的表情，彷彿在問我「這個人有嗑藥嗎」。當然，他知道李攝影師是誰，並沒有將這個疑惑真的說出口。與他不同，我則是直言不諱。李攝影師假哭的同時，一直有意無意地靠在我身上，我一把推開他，出言警告。

「要我找我的經紀人過來嗎？」

一說完，他就像從未哭泣般，「呿」了一聲噘起下唇，然後小聲回我。

「知道了啦。」

他這麼說著，又悄悄將手放到我的膝蓋上。

「那這樣就好……」

我馬上掏出手機。李攝影師立刻將手拿開，再次開始假哭。他就這麼別過頭坐著，像在鬧脾氣一樣，過了一會兒，面善男對我小聲說道。

「他好像生氣了。」

聽見他憂心忡忡的語氣，我對李攝影師開口。

「我要走了。」

「啊啊！不！泰民先生，你別走！」

他不僅沒生氣，臉頰還有些漲紅，好似在用這種方式表達他的羞澀。

「真是太喜歡泰民先生冷漠的一面了，我的內心簡直小鹿亂撞，哎喲。」

啪啦啦，他彷彿戰慄般抖了一下身體，面善男的表情瞬間垮掉。不過，從頭到尾眼裡都只有我的李攝影師，毫不在乎別人臉色難看，眼睛發亮地盯著我。

「是說，泰民先生怎麼會來？你在電話裡說想要跟我討論先前談到的事，是哪件事？裸照嗎？現在就要拍嗎？」

面善男現在改用同情的眼神看著我了。我認為趕快把事情辦妥離開才是上上之策，於是直接切入正題。

「李攝影師，你先前說過要參與復仇吧？」

他眨了眨眼睛，好像終於回想起來，忽然握緊了拳頭。

「記得！我也要向宥翰、向宋宥翰復仇。啊，難道……」他總算用認真的語氣，低聲詢問：「已經開始了嗎？」

我點點頭。

「我可以幫上什麼忙？」

我短暫地凝望著半空中，挑選出一個合適的說法。

「我需要安排一個小型拍攝工作，由李攝影師負責拍攝，平面雜誌或小型廣告都可以。不過，必須由李攝影師親自挑選模特兒。」

他立刻爽快地說著「沒問題」，接著又想起什麼似的問我。

「那我要挑誰？」

隔天前往公司的時候，經紀人難得已經先到了。他向我透露了金會長昨天來公司的目的。

「好像是反社長派想趁尹理事不在時籠絡金會長，直接找他進公司商談。唉，真是的，要是金會長徹底加入他們那邊，夢想企劃或許真的會獨立出去。這下頭痛的就只有尹理事，繼續支持社長，處境可能會變得艱難；而順應時勢改變陣營，又等於是背叛社長。」

他彷彿抱怨般碎念半晌，我腦中的思緒變得更加混亂複雜。神經病能選擇的最佳方法是什麼？最好的當然是拉攏金會長，壓制反對派；但如果和金會長合作，勢必伴隨著犧牲，畢竟他肯定會提出無理的要求。要是為了拉攏金會長而甘願承擔損失，社長卻如傳聞所說，只提攜自己的兒子……

「泰民？」

聽見呼喚我的聲音，我才從沉思中回神，發現不知不覺間，漢洙和現場經紀人已經來到被我們當辦公室使用的會議室了。漢洙過來也就算了，但經紀人從今天開始會回來帶我們，照理來說，應該不需要現場經紀人了才對。漢洙似乎沒有多想，就和他一起走了進來，而我和經紀人立刻轉頭盯著現場經紀人，用眼神問了句「你可以不用來吧」。接著，俏皮說著「經紀人回來了」的漢洙也發現了我們的目光，跟著看向現場經紀人。

「啊，對了，現場經紀人大叔，經紀人從今天開始回來，所以你不用再來了。」

漢洙開朗得接近天然呆的個性，輕鬆化解了窘境。經紀人慌張地乾咳幾聲，稍微移開目光，一副很不好意思的樣子。只見默不作聲坐在原地的現場經紀人，小聲地咕噥。

「……可是我想繼續做。」

現場忽然陷入一陣尷尬的沉默。看來就算漢洙再怎麼開朗，聽見現場經紀人這麼說，也沒辦法直接叫他別再來了。不過，他看向經紀人，問了句「那該怎麼辦才好」之後，同樣慌張的經紀人為難地說道。

「啊，那個……我會先跟朴室長打聽看看還有沒有其他工作，你先回家……」

只見現場經紀人微微低下頭，再次咕噥。

「我老婆不喜歡我待在家裡……」

我聽見有人倒抽了一口氣。不用想也知道肯定是來自經紀人，但後來聽見的、那聲壓抑情緒的「呃」，竟意外地來自漢洙。經紀人已婚有同感也就算了，你是怎麼回事？接著，漢洙說出了原因。

「我、我爸也是待在家會被我媽欺負，所以常去圖書館，唉。」

漢洙咬著下唇轉過頭，而深有所感、情緒已然澎湃起來的經紀人猛然站起身。

「你等我一下，我去想辦法拜託朴室長！」

「啊，我也一起去幫腔！」

就這樣，經紀人與漢洙一齊離開去折磨朴室長，只剩下兩人的會議室再次陷入沉默。我以為他理所當然會趁機補眠，沒想到他卻只是望著牆壁發呆。憑著經紀人的口才，一定能成功說服朴室長吧？我一邊思考著，一邊想起了我要向表情木訥的現場經紀人說的話。

「我有件事想拜託你。」

他看著我眨眨眼睛，像在詢問這句話的意思。我指著剛才漢洙坐著的空位，開口說道。

「可以請你盡量護送漢洙回家嗎？如果發現有一群奇怪的人來找他，就通知我一聲。」

「……」

「只要幾天就好，我會付你加班費。」

他盯著我看了很久，正當我懷疑他是不是睜著眼睛打瞌睡時，他才終於開口。

「奇怪的人……是誰？」

「就是你認為危險的人。」

只不過，他聽見我的請託後展現的反應，完全出乎我的意料。這似乎是他第一次露出笑容。

「那要是你遇見危險的人，你要怎麼辦？」

我嗎？他溫柔的目光，讓我將反問吞了回去。看著他露出大人擔心孩子的眼神，我真的非常意外，畢竟他平時給人的印象就只有時常在打瞌睡而已。對於那樣明顯表露的擔憂，我感到十分彆扭，遲了一會兒才給出回覆。

「我沒關係。」

聽見我語氣生硬的回答，他過了一會兒才點頭喃喃自語。

「嗯，那三個人一起行動就行了。」

「不，不用管我，只要漢洙……」

這時，門忽然被打開，經紀人面色凝重地走了進來。

「泰民，大事不好了，尹理事上次幫我洗刷冤屈，我很希望他能平步青雲，可是⋯⋯」

聽見他提起尹理事，我忍不住豎起耳朵。我抬眼看他，問他到底發生了什麼事。

經紀人一邊皺眉走近，一邊開口。

「可惡，金會長好像真的跟反對派達成共識、攜手合作了，說要在他們的擁戴下，成為夢想企劃的新經營者。」

儘管神經病提醒過我，他會輸掉第一回合，叫我不要嚇到，對此我也早有心理準備。但到底該拿這種情況怎麼辦？

要是連第一回合都還沒開始，他就已經因為金會長率先出擊而落敗了呢？

晚上走出公司時，我才知道明新今天回國就是為了這件事。如果是趁神經病不在迅速作出決定……假如真是這樣，不就表示金會長從一開始就不打算和神經病合作嗎？或許他並不想合作，而是想把神經病收到自己麾下。

不過，拉攏尹理事並替他們安排見面的明新，看起來似乎不知情的樣子。所以他才急著回來嗎？這樣看來，金會長一定有些重要的事情沒有告訴明新。

我本來就不認為明新對他來說有多珍貴，沒想到比我想像中還不怎麼樣嘛。既然情況如此，我要向明新復仇就更容易了，我應該為此感到開心才對。但此時此刻，我的心情卻異常煩燥，某個人的身影也一直在腦中揮之不去——神經病這小子，究竟是……

「啊，我要先走了。」

本來猛按手機鍵盤的漢洙，不知道在高興什麼，笑著喃喃自語。

「居然有聯誼，嘻嘻。」

不知道是誰幫漢洙安排了聯誼，他開心地轉身，沒有前往我們平時一起搭乘的地鐵，而是走向公車站。

「因為臨時有約，我先走了。」

他揮揮手，活潑地跑走了，而現場經紀人不知道是不是答應了我的請求，他也踏上了自己平時不會走的路線，緩緩跟在漢洙身後。明天就是和明新與金會長約好要見面的日子，神經病會如約回來嗎？我抱持疑問走了幾步，突然感覺口袋傳來震動。簡訊的寄件人是面善男。

——聽說金會長今天要舉辦什麼慶祝派對。亨碩開心地說要把上次盯上的獵物帶去。他好像認識獵物的前輩，所以輕鬆拐到人了。

我猛然停下，瞪著簡訊內容，接著轉身開始狂奔。可惡，這群王八蛋。

呼，呼，呼——

我用盡全力跑到公車站，卻已不見漢洙與現場經紀人的身影。他們搭公車離開了嗎？去哪裡了？我急忙掏出手機打給漢洙，電話撥通，卻無人接聽。

「靠，媽的。」

我掛斷電話，打算和面善男聯絡。與其杵在這裡，不如問他派對舉行的地點……就在這時，有樣東西映入了我的眼簾——一臺停在對街的汽車。那是面善男和金毛先前帶我去愛麗絲時開的車。因為顏色顯眼、保險桿掛有裝飾，我記得非常清楚。

原來還在附近。我再次發足狂奔，一邊環視周遭。在哪裡？這附近沒人的地方……想著想著，我想起漢洙以前說過的話，他說自己偶爾會到公園打籃球。這個區域辦公大樓林立，晚上的公園幾乎不見人影，有一種包場的感覺。

我改變方向前往公園，幸好，在那裡發現了面對面站著的兩群人。雖說是兩群人，實際上其中一邊只有兩個，而另一邊的五人正包圍著他們。至於包圍他們的原因，可以從那五人的頭目——瘋狗的聲音得知。

「可愛的小傢伙，你繼續逃跑啊，你越是活蹦亂跳，我的屌就越興奮。」

在他對面的漢洙全身不停發抖，一臉快哭出來的樣子，不停左顧右盼，尋找可以逃跑的地方。站在他身後的現場經紀人，則露出「這是怎麼回事」的震驚表情。我咬牙切齒地走向他們。

「幹，真想剪斷你那根興奮的髒東西。」

眾人一致轉頭，以犀利的眼神瞪著逐漸走近的我。我停在離漢洙稍遠的位置，指著瘋狗。

「你有事找我吧？放馬過來，我現在就痛扁你一頓。」

認出我的瘋狗，露出牙齒咯咯笑。

「什麼？你該不會是來救這個小不點的吧？啊——因為他先前救過你？」

「別再亂吠了，放馬過來吧。」

接著，我出言嘲笑站在他身後的四個人。

「你們每個看起來都弱爆了，我看你們不如一起上吧。」

聽到我的挑釁，四人轉身往前踏了一步。我先是淡定地看著他們，才轉頭瞥向漢洙。臉色慘白、表情僵硬的漢洙，一與我對視便張開嘴巴，不過，我卻搶先一步開口。

「快走。」

「可、可是……」

「我叫你快走。」

瘋狗和另外四人似乎覺得我的命令很有趣，紛紛咧嘴笑出聲。他們大概認為想要獨自對付所有人的我很可笑吧。

「幹，你們看這小子多搞笑，居然想要一打五？」

他這麼問完，某處忽然傳來一聲回答，那聲音來自一個始料未及的人口中。

「嗯。」

恍若一聲驚雷在寂靜的空間炸響，眾人的目光再次移動，而後一同陷入沉默，露出和我一樣傻眼的表情。那個中氣十足的答案，竟是來自現場經紀人。啪噠，他往前踏出一步，收起平時呆愣愣的表情，笑著問瘋狗。

「你們想被大叔揍嗎？」

一切有如被按下暫停鍵般猝然靜止，甚至連聲音都消失無蹤。他剛才說了什麼？現場經紀人的提問無人回答，他不僅滿懷自信地挺身而出，居然還問對方想不想挨揍？我一定是聽錯了吧，這真的不是我幻聽了嗎？畢竟體格普通的四十幾歲大叔說要對付五個壯碩的凶神惡煞，實在太離譜了。還沒等眾人回過神，現場經紀人又再次讓我們忍不住懷疑自己的耳朵。

「不過，你們就算被我揍了，也不可以告我，知不知道？」

他好像真的很擔心，又嚴肅地確認了一次。

「要是你們敢卑鄙提告，我就剪斷你們的小雞雞。」

這次，瘋狗終於有了反應。

「哈。」

他短促地笑了一聲，抽動隱隱嘴角。

「喂，大叔，你怎麼這把年紀就老人痴呆了。如果你現在安靜退後，我可以當作什麼都沒聽到。」

啪噠。瘋狗往前踏出一步，以威嚇的眼神俯視著現場經紀人。

「不然你一把老骨頭，會被皮鞋踐踏到滿身是血。」

「這種囉哩囉嗦的傢伙，之後通常會煩人地提告……」

現場經紀人恢復平時的聲音小聲咕噥。當然，在夜晚安靜的公園裡，他的聲音依舊順利傳到瘋狗耳中。瘋狗收起笑容，齜牙咧嘴地低沉咆哮。

「喂，狗崽子，你算哪根蔥，在那嘰嘰喳喳什麼？」

喀噠，喀噠。瘋狗移動步伐，我也立刻邁開腳步。發現我動作的瘋狗停了下來，眼神嘲諷地瞥向我。

「怎麼？又想像騎士一樣挺身而出？」

「只是打狗而已，不需要化身騎士吧。」

我漫不經心地回話，擋在現場經紀人面前。哪怕是用推的，我也得趁他再次胡言亂語之前，把他跟漢洙送走。正當我這麼想的時候，瘋狗說了句奇怪的話。

「馬上就要淪為狗食的傢伙，居然還敢嘴砲。也對，要像那個人說的一樣，把你留到之後享用才夠味。」

那個人？我倏然想起了金會長。他居然說要把我留到之後享用，真是榮幸得令人作嘔。我頭也不回地對身後的現場經紀人開口。

「你快走吧。」

只見現場經紀人用有氣無力的口吻說了句「真是的」，並嘆了口氣後，忽然大步站到我身旁，搭著我的肩膀，溫和地說道。

「我修理完他們就走。」

聽見他這番話理應苦笑，我卻沒有那麼做，反倒以震驚的表情轉頭看向他。雖然沒什麼特長，但有件事我自認比其他人厲害——那就是看人的眼光。我能夠憑藉本能判斷出對方有多麼危險、多麼強大。在這方面，我幾乎沒有出錯過，我相信自己的第六感。

在遇見沒有散發危險氣場、且相貌平凡的四十歲中年大叔之前，我先前制定的分類裡，並沒有他這種類型的人。我被他抓在手中的肩膀，傳來骨頭欲裂的疼痛。幾乎所有男人都可以使出全力抓住某樣東西，但能輕而易舉做到這點的人卻很少。肩膀的痛楚越發強烈，現場經紀人此刻看起來簡直與方才判若兩人。直到此時，我才終於認真地端詳他。這個大叔究竟是何方神聖？

「所以你先等我一下。」

彷彿從未有人施加任何力道，肩膀上的疼痛忽然消失。他鬆開手，走到瘋狗面前，一副非要得到肯定答覆的樣子，反覆問著相同的問題。

「不可以告我，知道了嗎？」

現場經紀人認真詢問後，瘋狗也收起笑容。他似乎決定先除掉現場經紀人，轉頭用下巴指了指後方的某人。

「開扁。」

說完後，原本圍繞在周圍的四人當中，一人踏著響亮的腳步聲，走到現場經紀人面前。現場經紀人看著準備對付他的大個子，慢慢開始暖身。先是轉動脖子，接著是肩膀、手臂和手腕。儘管動作看起來十分鬆散，但我已經不再相信他外表展現的散漫了。我緊盯著他，聽見一旁傳來顫抖的聲音。

「怎、怎麼辦？我、我要衝去報警嗎？」

漢洙貼在我身後耳語，但我沒有轉頭看他，直接回答。

「先等一下。」

他似乎對我的回答感到意外，在我身後慌張地反問了句「什麼」。不過，現在沒有閒功夫向漢洙解釋，我深怕錯過現場經紀人的任何一個動作，正專注地凝視著他。那個大叔一定有什麼本事，他非常巧妙地隱藏了自己的實力，甚至連我也看走眼……

「哎喲，我的膝蓋。」

正在暖身的現場經紀人，在活動右腿的時候，忽然開始哀號，然後像刻意昭告天下般大喊。

「我的膝蓋關節不好！只是動一下，就這麼痠痛！」

……所以你想怎樣？滿懷自信挺身而出，又忽然說膝蓋痠痛？我倏然有種遭受背叛的感覺，覺得方才認真觀察分析的自己簡直像個笨蛋。正打算對付大叔的大塊頭，也錯愕地看著他。而讓人更無言的，是自稱關節脆弱的現場經紀人，一直看向我這邊。

就好像非要讓我知道他有關節炎一樣。究竟是為什麼？到頭來他還是希望我站出來嗎？他是瘋了嗎？當我這麼想的時候，現場經紀人可能認為已經充分向我告知自己有關節炎了，這才挺直身體走向前。大塊頭見現場經紀人走向自己，便開口對他冷嘲熱諷。

「大叔，你膝蓋不好？那怎麼辦？你的腿馬上就要廢……嚇！」

啪！

咻——

砰咚！

地面發出一聲巨響，四周霎時陷入一陣突如其來的寂靜。沒人搞懂眼前究竟發生了什麼。我只知道現場經紀人剛走到大塊頭面前，卻不知為何大塊頭此時已躺倒在地。

要是我沒看錯，現場經紀人好像迅速揍了大塊頭的腹部，並直接運用柔道招式扳倒他？能夠證實這點的人只有一個——在發出巨響倒地不起的大塊頭旁邊，現場經紀人正單膝跪地，掐著他的喉頭。

從大塊頭發灰的臉色來看，他應該已經昏了過去，無法再反抗了。現場經紀人慢慢鬆開掐著他脖子的手，若無其事地緩緩起身。現在人們看待他的目光，已不再帶有嘲笑和輕蔑。最先搞清楚狀況的瘋狗，來回看著倒地的大塊頭與現場經紀人，瞇起眼睛。

「你是做什麼的？」

「打工仔。」

認真回答的現場經紀人，一步步走向瘋狗一群人。由於已對他產生戒心，其中一人迅速擋在他面前，率先出擊。

咻——

揮出的拳頭劃破空氣，但不知何時已往旁邊閃躲的現場經紀人，輕鬆抓住他的手臂一拽，瞬間破壞了他的平衡。接下來，簡直是剛才的情景重現。也不知道被揍了哪裡，出手攻擊的傢伙表情錯愕地彎起上半身，而現場經紀人用手和手臂，從後方勾住對方放低的頸部，迅速扭了一下。

喀嘎。

關節摩擦的聲音傳來，地面再次響起「砰」的一聲。比起一下子就收拾掉比自己高的大塊頭，更讓我驚訝的是他的身手。他的動作行雲流水，看起來毫不費力。轉眼間處理完兩人的現場經紀人，如同尋找下一個對手般，轉頭望著剩下的人。瘋狗瞇起眼睛盯著第二個倒下的傢伙。起初我以為他是感到震驚，但從他轉動的眼珠來看，他似乎正絞盡腦汁思考下一步計畫。之所以發現這點，是他此刻正對著剩餘的部下發號施令。

「擋下那個大叔。」

隨後，現場經紀人往前一步，搔了搔灰白夾雜的頭髮。

「我接下來想揍的是你耶，你該不會空有那副塊頭，卻打算自己落跑吧？」

聽到現場經紀人的挑釁，瘋狗反而露齒笑了。

「對，我要趁其他人擋住你的時候落跑，不過在那之前——」

停下說話的他挪動目光，現場經紀人也跟著停下腳步。瘋狗看著我和漢洙，繼續說道。

「我要先把他們兩個弄得半死不活，所以大叔——」

瘋狗的目光再次回到現場經紀人身上，把剩下的話說完。

「你就先對付我的部下吧。」

現場經紀人站在原地靜靜凝視著瘋狗，而後往後退了一步。瘋狗似乎早有所料，忍不住噗嗤一笑。

「哈，什麼嘛？原來騎士另有其人啊。」

他接著挪動目光與我對視，張開嘴巴，嘶吼般露出牙齒。

「算你走運，你最好二十四小時都把那個打工仔帶在身邊，要是你們稍微分開，我就會抓走你跟後面那隻弱雞。」

五名壯漢消失後，公園的空地看起來更寬闊了。在瘋狗一行人離開前，漢洙似乎完全搞不清楚狀況，只露出茫然的表情，一直沒有開口。他大概覺得我們真的像瘋狗說的一樣走運，但我認為絕非如此。

在現場經紀人幹掉兩個大塊頭時，我也以為是自己走運，遇見了很會打架的保鑣；但當看見他因瘋狗的話而退後的瞬間，我就確定這絕非偶然。假如是只想以現場經紀人的身分幫助我們，那他就不該在那時後退。

在剩餘兩名部下對付大叔的期間，瘋狗可以由我來應付。即使挨上幾拳，我也不會馬上倒下。但現場經紀人似乎不願見到這種情況發生，直接往後退開，就好像他的目標是徹底保護我們一樣。

「哇、哇塞——！現場經紀人大叔！你真是太讚了！」

漢洙好像終於回過神來，開始大驚小怪。接著，漢洙纏著現場經紀人，求他收自己為徒，現場經紀人也恢復平時的模樣，為難地咕噥。

「要是被發現跟人打架，我就要被老婆罵了。而且我關節也不好……」

說完，他又瞥了我一眼。對，還有一直強調自己關節痠痛，迫切希望我知道這件事的詭異模樣也很奇怪。我默不作聲地緊盯著他。

「哎喲，大叔，你就收我為徒嘛，我真的被你迷……」

「你是什麼人？」

我犀利的聲音強硬地擠進充滿漢洙讚嘆的空地。正抓著現場經紀人手臂搖晃的漢洙，可能從我的語氣中感受到冷漠，忍不住露出吃驚的表情停下動作。他慌張地來回看著我和現場經紀人，但我的視線卻固定在現場經紀人身上。我下定決心，要是他不說，哪怕撲上去跟他搏鬥也要逼問出他的來歷。沒想到被我這麼一問，他仍不顯慌張，反倒像平時一樣一臉沉悶，非常乾脆地給出答案。

「你見到傑伊的話，幫我轉告他，說我的關節真的很不好。」

什麼？我不知道自己現在的表情有多蠢，但他說的話真的讓我始料未及。傑伊？

那不是神經病的名字嗎？現場經紀人怎麼會莫名其妙說出他的名字？

「說我雖然『右腳』的膝關節不好，還是認真做著自己的工作。」

他強調著右腳，再次說出讓我瞠目結舌的話。

「所以，你可不可以告訴他，叫他不要再追我了？」

……追你？

人生在世，有些日子總是讓人感覺格外漫長。消耗體力的工作繁多時是如此，有太多想法充斥大腦的時候亦然。夜晚的黑暗好似看不見盡頭，讓我不禁心想，這一天真的會結束嗎？填滿這漫漫長夜的，是幾個複雜的問題。

明天是約好和金會長見面的日子，神經病會回來嗎？他知道金會長率先出手了嗎？不對，假如不知道，他會作何感想？又該如何應對？接二連三的疑問，最終都指向同一個方向——他真的能贏嗎？在無盡問號的背後，一股未知的煩躁驟然湧上。

儘管現場經紀人在那之後就緊閉雙唇不說話了，不過，一定是神經病雇用他的，或許是為了保護我。我應該對這件事感到火大，可我最先感受到的，卻是讓人內心不住動搖的無所適從。對於這有損自尊的擅自安排，我理應感到憤怒，但我的心臟卻因為他為我做了這些，而有了細微的悸動。這是我不爽的原因，對於沒能做出正常反應的自己感到一陣沒來由地煩躁。

「那個。」

與現場經紀人分開後，一直跟著我走到公車站牌的漢洙，猶豫地開口。我猜他有一堆事情想問，卻還是努力忍住，於是回頭看他。他像終於等到時機般，開口問我。

「傑伊是誰？」

「……」

「還有，你跟現場經紀人大叔本來就認識嗎？」

「不認識。」

我迅速回答第二個問題後，漢洙納悶地嚥下口水。

「可是你們兩個都認識叫傑伊的人，為什麼？」

「……」

我再次避而不答，他失落地噘起嘴巴。

「你們排擠我。」

見我仍無動於衷，他裝出更憂鬱的樣子。

「明明是我和你認識比較久，你卻只討厭我。」

「……」

「經紀人要我們像兄弟一樣相處，哪有兄弟這樣的……」

「喂，我告訴你就是了，你別這樣。」

最後，我只能投降，低聲說道。而漢洙立刻若無其事地抬起頭，眼睛一亮。

「傑伊是誰？」

「神經病。」

「喔，神經……嚇！」

我幾乎整夜沒闔眼。清晨收到面善男傳來的簡訊，我才發現已經天亮了。

——亨碩最後帶了另一個獵物過來。他因為宋宥翰在派對開始前出現，表情超好笑的。他大概認為宋宥翰不在，正是討好金會長的大好機會吧。宋宥翰應該也稍微察覺亨碩的想法了。感覺金會長昨天龍心大悅，派對直到剛剛才結束。你告訴我，我旁觀這些噁心行徑是值得的吧？真的可以把這些傢伙統統打倒吧？

文字組合而成的訊息，莫名飄出了眼淚的味道。我傳出簡短回覆。

——對。

我蓋上手機，翻開稍早還拿在手上的書。現在我該做的事，就只有等待而已，等待明新自己察覺異樣，我再找出可以利用的時機；除此之外，也等待神經病今天如約出現。書中主角正從歌詞找出最後的線索，只不過，他亦懷疑著這首歌會不會又是另一個陷阱？

一大清早去上了一節演技課，吃完午餐前往會議室時，正好在門口遇見了經紀人。

「泰民，你來得正好，我剛好有事情要問你。」

停在門前的經紀人，面色凝重地壓低聲音。

「李攝影師是不是又跟你聯絡，慫恿你拍裸照了？」

「怎麼了？」

「聽說他聯絡公司說需要兩個平面拍攝的模特兒，叫你和另外兩個人去試鏡。真是的，以為這樣我們就會去嗎……」

「我要去。」

「嗯，好，去了再……蛤？你要去？」

我點頭回答「對」之後，他好像有話想說，板起了一張臉。

「你見到李攝影師不會不自在嗎？他一定又會提起裸照的事。」

他推開門，對我說話的聲音立刻被裡面傳出的呼喊打斷。

「哎喲！經紀人！你怎麼現在才來?!」

「嚇！嚇我一跳！漢洙，你是怎麼了？發生什麼事了嗎？」

驚訝的經紀人趕緊走進去，漢洙一副要死不活的樣子，勾住他的手臂，說出一件重要的事。

「我的天啊，要是你知道昨天發生了什麼事，一定會大吃一驚。」

「……我已經被你的慘叫嚇到了。」

「不，還有更驚人的！就是啊，我昨天回家的路上，忽然……」

「遇見了流氓。」

聽到我插嘴解釋，經紀人吃驚地轉頭看我。在他身後的漢洙，也眨眨眼睛望了過來。我用眼神示意他別繼續說下去後，簡短說明。

「但沒發生什麼事，我們大喊了幾次要報警，他們就落荒而逃了。」

「喔，這樣啊？那真是太好了，我還以為你們哪裡受傷了。」

經紀人把手放在胸口，鬆了一口氣。見狀，漢洙這才「啊——」了一聲，將手指放到嘴唇上，表示自己什麼都不會說的。他似乎誤以為我這麼做是怕經紀人擔心，但我其實是不想透露現場經紀人的活躍表現，畢竟我不想讓他知道現場經紀人和神經病——準確來說是和尹理事有關。然而，這些努力似乎全是徒勞。

「那個，泰民先生，那傑伊的事情也不能說嗎？」

他悄聲詢問，但人就站在我面前的經紀人，當然不可能沒聽到。

「傑伊？那是誰？」

我無言地盯著漢洙，但他以為我的沉默代表默許，於是馬上告密。

「這個嘛，聽說現場經紀人和泰民先生都認識一個叫傑伊的人。」

「傑伊？好像在哪裡聽過這個名字……嗯，所以那個人怎麼了？」

「聽說那個人就是神經病。」

「喔，那個人就是神經……嚇！」

經紀人張大嘴巴，展現的反應和昨天的漢洙一模一樣。而漢洙接下來說的話，讓他更驚訝了。

「而且聽說神經病還跟蹤現場經紀人！」

這回連我都震驚了。到底為什麼會解讀成這樣?我正想反問，陷入震驚的經紀人卻忽然大喊一聲，讓我不得不閉上嘴巴。

「所以那個沒禮貌的神經病是女的?!」

當沉寂一整天的手機響起時，已是傍晚六點。因為是陌生號碼，我本來不想接，但可笑的是，我居然會認為這說不定是神經病，按下了接聽鍵。

「喂？」

『你的金主跟尹理事有什麼關係？』

聽見明新不分青紅皂白、劈頭質問的犀利語氣，比起煩躁，我反而有些失望。原來不是那小子打來的啊。

「不關你的事吧？」

『……我猜對了？他跟尹理事有關係吧？是誰？幹，你釣到哪個老頭了？』

他為什麼突然問我這個？狐疑的同時，我語氣生硬地回覆。

「你先說為什麼要問這個，我就告訴你。」

『……』

「不想說就拉倒。」

我打算直接掛斷電話，卻聽見話筒另一端傳來一陣咒罵。

『王八蛋，等一下！可惡……尹理事聯絡我們，說你沒去的話，就要取消今天的飯局。你到底在想什麼？幹，以為今天在飯局上和我面對面，我就會怕嗎？』

「你不是已經怕了嗎？」

『什麼？臭小子，你在鬼扯什……』

「你不就是怕了，才會急著先打給我嗎？」

『你別搞笑了，我只是覺得很無言，才想確認一下。就算是這樣，你的金主也只有這點本事，只會舔……即將成為傀儡的尹理事的屁眼。』

即將成為傀儡。即便是曾努力和尹理事攀上關係的明新，也認為神經病最後會落敗嗎？不過，他所說的傀儡，從另外一種角度來說，聽起來反倒像在虛張聲勢。感覺他不清楚尹理事手中握有的牌，也沒料到金會長的動向，所以顯得有些不知所措。他自認是金會長的心腹，沒想到自己竟對金會長作的決定毫不知情。這樣看來，金會長才是狠角色嗎？他果然是隻老狐狸，這麼重要的計畫卻對幫自己口交、甚至是網羅祭品的情人隻字不提。

「如果那個傀儡背後有人拿著武器，是很值得舔啊。」

『……你說的是你的金主嗎？是誰？我已經說出打電話給你的原因了，換你說了。』

「不要。」

話筒另一頭傳來他生氣怒吼著「什麼」的聲音，但我直接掛斷了電話。後來他又打了幾次，儘管努力無視，我的注意力依舊集中在他方才說過的話——他說接獲了尹理事的聯繫，那究竟……

叮鈴。聽見簡訊傳來的通知，我低下頭，看見簡短的一行字。

——七點前到XX洞的XX門口，我會直接從機場過去。

這樣啊，他真的回來了。我站起身，發現自己心中的一切不安皆已煙消雲散，而這僅僅只是得知神經病抵達韓國，還待在離我很近的地方。在我查看時間時，又收到了一封簡訊。

——你有擔心我嗎？

約好要見面的地點，是間有著一整排磚瓦屋頂的大型韓式餐館。從讓車輛通過的停車場入口到正門是一大段上坡，似乎只有我是徒步走上去的。當我準時抵達正門後，站在門口的服務生看到我，便從遠處跑了過來。

「請問是李泰民先生嗎？」

我點頭說了聲「對」，他便帶我走進裡面。通過巨大的木門，再穿越幾個小庭院後，出現了一間雅致的磚瓦房屋。服務生把穿著老舊牛仔褲與破爛襯衫的我當成貴賓招待，請我進到裡面，而我則是小心翼翼地擺好自己脫下的骯髒運動鞋。

裡面還有另一個服務生在等我，他帶我走在安靜的走廊上，最後停在一間包廂前面，通知裡面的人說有人來了，便為我開門。門緩緩往旁邊拉開，露出被燈光點亮的包廂。

已經擺好茶杯的大桌子旁邊，兩人並肩而坐。明新率先認出了我。坐在金會長身邊，臉色不太好看的他抬起頭，緊接著，一旁的金會長也跟著緩緩抬起目光。那仍是一對不似人類的眼睛。看起來嚇人的四白眼朝我一瞥，又滿不在乎地轉過頭。

我走進包廂，而明新小聲向金會長說明了我的事。因年事已高，他用顫抖的手緩緩拿起茶杯，遞到嘴邊，同時轉眼看我。正準備坐到明新對面的我，頓時與他四目相對。是我沒有挪開目光，讓他不爽了嗎？他如同嘆氣般，用沙啞的聲音說道。

「以前……有個傢伙也擁有你這種眼睛。」

僅是開口說話，坐在一旁的明新便緊張地挺直身體。原來真的不是情人啊。要是有稍微感受到對方的愛，不可能展現出那種恐懼。這時，金會長繼續回味。

「我非常不爽，在他眼裡插了幾十根針，他才不敢直視我。」

一旁的明新可能感到毛骨悚然，稍微別過頭，但我沒有那麼做。他緊盯著我，用刮擦神經般的嘶啞嗓音繼續說道。

「那你呢？你的眼睛能插幾根針？」

喀啦啦。

這時，門忽然被拉開，有個了無生趣的聲音替我回答。

「一根也插不了吧。」

不知為何，那個聲音讓我的心臟頓時漏了一拍。轉頭一看，只見神經病走了進來，漫不經心地俯視著金會長的手。

「您的手抖個不停，連茶杯都拿不穩了。」

喀啦啦。

關門聲再次傳來，包廂裡卻像被澆了一桶冷水，陷入沉默。在這種情況下，唯一不以為意的神經病挪動腳步。我的目光實在無法離開正在走動的他。不，應該說我沒辦法看向其他地方才對。毛骨悚然的涼意順著脊背蔓延，那是即使不看也能感受到的、金會長釋放出的陰狠敵意。神經病突如其來登場，最令我開心的莫過於不用繼續看著金會長了。

「我稍微來遲了。」

現在是尹理事模樣的神經病低頭簡單道歉後，坐到我身旁。雖然隔著一隻手臂的距離，他一坐下，隱隱的熱氣便在我們之間擴散交融。他不是說直接從機場過來嗎？他穿的藏青色西裝沒有任何皺褶，一如往常地整潔俐落，而他臉上綻開的微笑也和平時沒什麼不同，甚至還泰然自若地開口問道。

「趁餐點準備的同時，多喝一點茶吧？」

與此同時，他目光低垂，看向金會長布滿皺紋的手。若是記得他稍早的那番話，一定會被他帶著嘲諷的無禮問題嚇到。不過，兩位當事人似乎無法被歸類在「一般人」的範疇。

「勸人喝茶之前，先介紹一下自己吧。我年紀大了，不記得今天約見面的人是誰。」

金會長用嘶啞的聲音說完，伸手推了一下茶杯。隨著「砰咚」的聲響傳來，傾倒的圓形瓷杯滾向尹理事，裡頭盛裝的液體也流淌而出。幸好桌子夠大，潑灑出的液體堪堪在桌緣止步，沒有滴落到地上，不過尹理事前方的桌面已經濕了一片。

「我是個手抖的老頭，你體諒一下。」

嘴上要人體諒，彷彿卡痰的聲音卻傲慢至極。尹理事沒有收起客套的笑容，而是按下服務鈴。

「當然能夠體諒，那我先自我介紹一下。我是傑伊．尹，在那邊的宋宥翰先生和這裡的李泰民先生所屬的演藝經紀公司擔任理事一職。」

他說出的不過是眾所皆知的事實，我卻忍不住抬起頭看他。他就像說出英文名字般，將傑伊這個名字擺在姓氏前面，讓我覺得很奇怪。這時，金會長也開口回應。

「喔，傑伊．尹。和一個在美國藉由投資電影賺到一些小錢的人同名。那個人是你嗎？」

「對，是我。和透過武器交易賺進鉅款的金會長相比，當然只是一些小錢，不過未來我應該會賺得比較多。」

這麼說的同時，他再次毫不掩飾地看向金會長的手。接下來的話他沒說出口，不過任誰都知道他的言下之意——畢竟你是個壽命將盡的老頭，年輕的我當然能賺得比較多。想當然耳，金會長不可能接受這種挑釁。他動了動皺巴巴的嘴唇，咬字不清的沙啞聲音帶著笑意。

「有一堆年輕人這樣放話，最後卻比我早死。我會看一點面相，你就是那種類型，你活不久的。」

嘶啞難聽的粗糙聲音穿過耳膜，莫名令人毛骨悚然。說著「你活不久」的金會長，用閃爍著精光的雙眼凝視著對方，與之對視的尹理事僅是點頭回應，表情幾乎沒任何變化。他們的對話真妙。明明針鋒相對，表面上卻一片祥和。

但旁觀的我和明新，從剛才開始就連大氣也不敢喘一聲。這時，尹理事叫來的服務生進入包廂。那是一名二十歲中旬的女性，即使無人開口，一看見桌面的情況，她立刻迅速收拾。接著，當服務生將新的茶杯擺到金會長面前，尹理事便隨口下達了指示。

「請給這位先生一根吸管吧，畢竟他連茶杯都拿不穩。」

服務生慌張地反問了句「什麼？請問您是說吸管嗎？」後，我和明新不由自主地看向金會長。與尹理事對視的他，露出高深莫測的表情簡短咕噥。

「竟敢那樣回話？」

後知後覺發現他那句話是對服務生說的，但在我看來，那絕對是對尹理事的警告。服務生一臉驚慌，急忙起身離開包廂。這時，尹理事才慢條斯理地舉起自己的茶杯。

「茶真香。」

他品嘗一口，並輕聲稱讚。金會長則緊盯著他的臉，在尹理事把茶杯放回桌上後，娓娓道來。

「看來我不需要對付你太久，你太囂張了。我聽這個孩子說……」

金會長挪動目光，瞥了明新一眼，一旁的明新怯懦地縮起肩膀。我沒有錯過他的動作，並清楚將之記在腦中。實際一看才發現，兩人的關係似乎比我想像中好一些。或許真的要慶幸金會長是個自私自利、只顧自己的人，對金會長而言，明新不過是失去用處後隨時都能拋棄的工具。是發現了我的目光嗎？明新僵著肩膀抬眼看我，一和我對視便皺起眉頭，但我的注意力馬上聚集到其他地方。而金會長繼續說著剛才未竟的話。

「是這個孩子誇獎你，我才考慮要不要給你一個翻身的機會，看來是沒必要了。」

「翻身的機會，指的是哪種機會？」

尹理事舉起熱氣蒸騰的茶杯，品茗似的聞香。看著他的模樣，金會長再次開口。

「留在這個圈子的機會。」

尹理事正要挪到嘴邊的茶杯微微停頓，漫不經心地抬起眼睛。

「我不需要什麼機會，畢竟未來我也會繼續留在這個產業。」

「藉由巴結鄭社長嗎？」

喀啦。尹理事放下尚未入口的茶杯，直盯著金會長。從他的表情同樣看不出他在想些什麼。不過，聽見金會長的下一句話，他立刻露出笑容。我敢肯定，他絕對不是因為高興才笑的。

「據我打聽到的消息，鄭社長費了相當大的功夫才把你請回來。他是怎麼哄騙你的？說要把下一任社長的位置交給你嗎？」

尹理事沒有回答，只是笑著，眼神卻逐漸冰冷。發現這點後，金會長的聲音反而更加從容。

「一定是說要把子公司的股票給你吧？叫你先掌控夢想企劃，等除掉反對派後，要把公司交給你就會更加容易。而他到時候會退位讓賢，四處旅行。是不是這樣？」

「我不太記得了。」

露出微笑的同時，他用溫柔的低音這麼說著。看見尹理事沉穩的模樣，金會長反倒繼續進攻，似乎認為尹理事的內心已經動搖了。

「那你回想看看，鄭社長有沒有說過這句話。」

「會長指的是哪句話呢？」

金會長瞇起眼睛，用力彎起嘴角竊笑。

「與其交給叛徒，不如把公司交給自己的兒子。」

尹理事臉上的笑容慢慢消失，而金會長愉快地凝視著他的變化。

「意思是我是叛徒嗎？」

「鄭社長說不定是這樣想的。」

金會長又瞄了明新一眼，誇獎他說。

「人們都知道這個孩子是我的心腹，他先前一直追著你到處跑，鄭社長有可能因此認定你和我有所接觸。」

聽見這句話，最先有反應的人是明新。他的眼睛驚訝地睜大，忍不住輕咬著下唇。這下我終於確定了，明新真的對金會長的計畫毫不知情，完完全全是遭到利用。聽到金會長下令籠絡尹理事，便認真追著他到處跑，沒想到那只是做做表面的一場秀。不過，比起得知自己只是工具而感到絕望的明新，神經病的反應更令我在意。他現在已經收起笑容，面無表情地看著對方。

「鄭社長不會因為一個藝人追著我到處跑，就認為我背叛他。」

「對，沒錯，如果只有一個藝人追著你到處跑，當然不會。不過，人啊——」

金會長再次伸手推倒自己面前的茶杯。咚。瓷器發出微小的清脆聲響，散發著熱氣的茶水迅速在桌面鋪開。大概是這次的茶比較滿，茶水沿著一條線，從我和尹理事中間流到地上。

「要是反覆發生，就會信以為真。如果我再打翻茶杯幾次，服務生大概也會認為我拿不穩茶杯，真的拿吸管過來吧？同樣地，鄭社長要是從不同對象口中得知關於你的傳聞，也會真的視你為叛徒。」

「……」

「你不相信也無所謂。不過，你去問問鄭社長，為什麼他要忽然把兒子從美國叫回來。」

語畢，金會長自己按下了服務鈴。在服務生再次出現前，包廂內是一片凝重的沉默。尹理事好像陷入了沉思，目光固定在桌子上，而金會長悠哉地等待他作出結論。當第三個茶杯被擺到金會長面前，尹理事終於抬起目光。

「會長要說的話就只有這些嗎？我說不定會被視為叛徒？就算是這樣，我也不會真的做出背叛鄭社長的事。」

他輕描淡寫的聲音，讓金會長感到神奇似的打量著他。

「我曾以為你是重視自身利益大於道義的類型，真叫人意外。聽我說完這些，你大概很難馬上懷疑鄭社長吧。不過我很好奇，在變成窮光蛋以後，你那張嘴還有沒有辦法說出同樣的話。」

「我會說出同樣的話，畢竟我不會變成窮光蛋。」

「這樣啊？看來你去美國辦的事很順利？」

霎時間，尹理事輕輕瞇起眼睛。

「看來會長很清楚我去美國辦了什麼事。」

「這個嘛，我有稍微打聽到。聽說你想投資的電影募資告吹，所以你投注的錢都打水漂了，不是嗎？」

尹理事深深一笑，露出了頰邊的酒窩。即便知道他在假笑，我依舊猜不透他真正的心思。

「不知道是誰從中阻撓，但還沒告吹。」

沒有明確說出是誰，但從尹理事冷漠的眼神，便能得知從中阻撓的人就是金會長。而金會長卻厚著臉皮回話。

「那就有翻身的機會囉。」

他口中再次說出的詞——翻身。難道他說要給尹理事的機會，就是這個嗎？我好像沒猜錯，只見金會長繼續語氣傲慢地開口。

「那種機會，我可以給你。」

「這樣啊？」

「對，你需要多少錢，我都能給。」

不知是不是感到意外，尹理事收起笑容，頭稍微側向一旁。

「意思是會長要把錢全部拿來投資嗎？」

「投資，呵呵。」

可能是覺得投資這種說法很搞笑吧，金會長笑到肩膀顫動，過了好一陣子，才用讓人無法聽清的嘶啞聲音說道。

「我為什麼要花大錢投資你這種貨色？」

忽然犀利的語氣，如鋸子般尖銳逼近。

「我當然要拿到回報。」

「會長想要什麼？」

「你在夢想企劃的所有股份。」

金會長說出「所有」的時候，我才頓悟這原來就是他今天的目的。

「我打算讓夢想旗下的所有產業全部歸屬於我。」

聽著他毫不猶豫展露的野心，明新咕嘟嚥下一口口水。他的表情閃過兩種情緒——對金會長的恐懼，以及只要跟在他身邊，自己終將成功的貪婪。尹理事陷入沉思般，拿起已經冷掉的茶杯，品了一口茶。他微低著頭，我看不到他的表情，不過他真的思索了許久。

久到我都忍不住懷疑他是不是慌了。要是過去幾天發生的事，真的像金會長說的一樣不順利，那就不能忽視被他包裝成交易的威脅了。神經病在美國的事業真的岌岌可危嗎？

「這個圈子沒那麼好混。」

隔了一陣子才開口的尹理事，恢復平時的模樣，嘴角泛起笑容。

「風險最高的產業，非演藝圈莫屬。即便如此，會長還是非要踏入這個圈子嗎？」

「既然風險高，收益也很可觀吧。」

金會長似乎對於尹理事的忠告感到不快，撇嘴說道。

「我看起來無知到需要聽你說這些嗎？我認為武器事業跟這個圈子一樣，人們都喜歡更強大、更刺激的東西，譬如夢想正在籌備的強檔電視劇。對，那真的是個好機會，只要做出一個像樣的東西，就能夠與飛彈抗衡了。」

「要做出像樣的東西，就需要金錢。而這筆錢，遠比會長想像的多。」

冷漠的應對，讓金會長感到可笑般笑了出來。

「那是你們連像樣的投資人都找不到，才會那樣認為。你們只擬定好計畫，卻一直舉棋不定，不曉得該如何籌錢。看來你剛回到韓國，所以還不知情啊？我已經買進一塊土地，要拿去蓋大型布景了。也就是說，電視劇實際上已經開始製作了。」

尹理事好像真的不知情般，微微挑起眉毛。不過金會長接下來說的話，讓他的眼神瞬間變得銳利。

「而且不需要投資人。因為我就是老闆，也是投資人。」

這頓飯最後還是不了了之。在金會長終於暴露自己的目的後，對話就此結束。不過，率先起身離席的金會長留下的最後一句話，一直在我腦海中迴盪。

「我給你一個星期的時間，看你要留在鄭社長底下，最後被當成抹布丟掉，還是要收下我的錢，回到你原本居住的美國低調過生活。你好好考慮看看，怎麼樣對你最有利。」

神經病究竟打算如何處理這件事呢？他要我到出口等他，於是我緩緩走在已經變得昏暗的路上。走著走著，一種可笑的念頭忽然興起。多虧兩人嚴肅的對談，讓我和明新成了多餘的旁聽者。不知為何，我甚至感覺自己想要向明新進行的復仇像一場兒戲，而明新的確也是更容易對付的對手。

彷彿要證明這一點似的，當我快要走到出口時，看見一臺進口跑車駛過前方道路，發出巨大噪音。它從面前急馳而過，我沒看清駕駛是誰，不過我能憑直覺知道那就是明新。即便那是一臺新車，也並非他先前開的那輛。

不，正因為是新車，我才更加確定。那臺車正是漢洙做成限圖上傳的照片中出現的車。稱明新的車為破車、擋在它前面的那臺高級跑車。我望著車尾的光亮逐漸遠去，直到再也看不見為止。是啊，你真的是很好對付的對手，居然這麼快就買好新車，順著我的意思行動了。

看見了在更大舞臺上爭鋒相對的兩人，我現在反倒對打倒明新興致缺缺。正當我盤算著哪一方落敗的損失較為慘重時，一輛熟悉的車停在我面前。副駕駛座的車窗搖下，露出了坐在駕駛座的神經病的臉。

「上車。」

上車前，我試圖從他臉上找出煩惱的痕跡，但他面無表情說出的話，僅有平凡無奇的催促。

「只有三十分鐘而已。」

什麼東西？我沒有細問，只是默默打開車門。結果我一上車，他就急躁地開始動作，透過導航搜尋某個地點後，便立刻駛進道路加速。他像職業駕駛般流暢地切換車道、加速超車，整臺車左搖右晃，但我沒問他要去哪，金會長的話仍占據著我的腦海，讓我無暇思考其他。不知道就這樣疾馳了多久，在紅燈前停下的他主動開口。

「復仇還順利嗎？」

「我會自己看著辦，你不用擔心。」

「這樣啊？」

這麼說著，同時勾起一邊嘴角的他，用讚美的口吻溫柔地說道。

「看來相當順利，需要什麼就告訴我。」

「需要的東西，我今天都找到了。」

他露出不解的神情瞄了我一眼。車子再次開始行駛，我看著擠滿紅色車燈的道路，語氣生硬地回答。

「因為我知道金會長只是把明新當成誘餌，那不就表示他不會隨意資助明新嗎？」

而且死命想巴著金會長的明新，也會為了迎合金會長，不敢提出無理的要求。萬一他必須再次換車，就只能自己想辦法。不過，知道金會長在許多事情上一擲千金，對我來說或許是個好消息，只是對神經病來說卻不然，所以這段對話顯得有些沉悶。另一方面，我也不想被發現其實我正顧慮著他的處境。但讓人無言的是，他卻像說笑般，隨口提起了那個話題。

「原來你打算用錢把他們分開啊。嗯哼，那我得讓金會長多花點錢，才能幫到你囉。」

「你要把夢想企劃交給金會長嗎？」

神經病將車子駛入某棟大樓的地下停車場，沒有開口。直到這時，我才開始東張西望，好奇這裡是什麼地方。但隨處可見的陰暗的停車場，讓我根本無從分辨此為何處。他在停車場裡慢慢繞行，找了個空車位並停了進去。與此同時，他輕描淡寫般，篤定地說道。

「既然能幫到你，的確可以交給他。」

「這不好笑，你認真回答我。交出夢想企劃，不就代表你也要放棄電視劇嗎？」

嗡嗡，車子傳出的引擎聲徹底停止後，他才轉頭看我。

「我不會放棄電視劇。」

也就是說你不會交出夢想企劃囉？我正思考著，他卻再次開口。

「不過，如果你求我，我可以放棄夢想企劃。」

你不要胡說八道。已經來到舌尖的反駁，卻因回憶起他時常掛在嘴邊的話而沒有說出口——「我從不開玩笑」。接著，他彷彿看穿了我的心思，笑著露出了酒窩。

「以前的你大概會叫我不要胡說八道，今天卻沒說。現在知道了吧？」

「知道什麼？」

「我為了你，連夢想企劃都可以放棄。」

「……」

「你沒有回我簡訊。」

什麼簡訊？我正想反問，又突然想起他最後傳來的訊息。沒過多久，他再次溫柔地問道。

「你有擔心我嗎？」

「……」

「你有擔心我嗎？」

「……不知道。」

那彷彿不是自己聲音的、呢喃般的低語。我甚至沒發現那是自己給出的答案，他的手已經繞過我的脖子，把我勾了過去。溫熱的氣息觸碰到嘴唇，他低沉的嗓音同時在我嘴裡傳開。

「好吧，這次先放過你。」

他的聲音，隨著探入口中的溫熱舌頭而消失。哈啊——不知是誰發出的、一聲悠長的喘息在車內迴盪。他親吻的力道，讓我不由自主張開嘴巴。我的無意之舉，卻讓他更深地闖入，與我的舌頭親暱交纏。彼此的唾液相互交融，緊貼的嘴唇發出濕潤的水聲。

我彷彿全身知覺都沉溺在這個吻中，口中溫熱的觸感支配著身體，大腦倏然停止思考。每一次的氣息交換與舌頭挑逗般的糾纏，都讓我的心跳止不住地加速，酥麻的感覺沿著胸腔往下流動，在下腹隱隱聚積成一股微熱的戰慄。氧氣被恣意掠奪，呼吸困難的胸口急促地上下起伏，在某個瞬間，我驟然意識到自己被擺成了一個不怎麼舒服的姿勢。

座椅徹底向後傾倒，他側身跨坐到我身上。在狹窄的空間內，兩個大男人一有動作，車子便跟著搖晃。那樣的震動，讓我忍不住推了推他的肩膀。他可能以為這是拒絕的信號，反而更強硬地壓住我，用沙啞的聲音呢喃。

「沒關係，你就當作被硬上。」

這句話讓我瞬間清醒過來。隨後，他露出被欲望浸染而變得深邃的眼神俯視著我，繼續說道。

「要是你還沒辦法捨棄罪惡感，就拿被我硬上當藉口吧。」

接著，他下半身一頂，同時用力扯下我的褲子。

「等等……」

我頓感一陣慌張，雙手不由自主地想撐起躺倒的身體。但他卻壓住我的肩膀，再次親了上來。比起方才的溫柔，這個吻帶著令人無法拒絕的力道。窒息感倏地將我包裹，讓我不自覺用力想推開他的身體。片刻過後，他終於停下親吻，而我的雙腿也同時感受到一股冰涼。

他強硬地抬高我的雙腿，把內褲和牛仔褲褪到膝蓋以下。我一條腿好不容易抽出褲子，他便用蠻力將我的雙腿撐開。抓痕在大腿根部隱隱泛紅，他卻不以為意，自顧自掰開我赤裸的腿，再次欺身而上。

「可惡，這裡是停車場……呃！」

不知道是不是為了封住我的嘴，他再次吻了上來，舌頭不容反抗地在我口中攪動。

隨後，他緩緩挪開嘴唇，安撫我道。

「沒關係，這裡是飯店。」

什麼？就算這樣，這裡也是停車場……我反駁的話再次被他封入口中。嘴唇上的刺痛，是我此刻唯一能勉強分辨的感受。在被他強制分開的雙腿間，酥麻和癢意迅速堆疊，交織成一股興奮的熱意。還來不及對此感到難為情，他便微微挺起腰部，伸手握住了我的性器。

呃——！

性器被炙熱手掌包裹，射精的渴望瞬間在腦中轟然炸開。我幾乎忘了自己身處何處，只能大口喘著氣。恍惚之間，耳邊傳來和我一樣的興奮喘息，以及一句不容拒絕的命令。

「哈啊……握住。」

腦袋因突如其來的快感徹底當機，不受控制的身體無法依照指令行動，他似乎忍無可忍，一邊吻著我的唇，一邊再次開口。

「幹，你快握住我的肉棒。」

就算沒有他的命令，我的手也被欲望支配著開始滑動。灼熱發燙的硬挺頂著我被扒光的下半身，不屬於自己的溫度讓我想無視都很難。曾經品嘗過快感的身體，好似知道該如何握住對方的性器一起享受；又或者就像他說的一樣，我把被他硬上當成別無他法的卑鄙藉口，暫時釋放了自身的欲望。

被手握住的性器微微顫動，更加炙熱地充血膨脹，而我的手也不由自主地開始套弄。他像誇獎我般，再次溫柔地舔吻著我的嘴唇。唇舌索取般互相交纏，黏膩的水聲隱隱迴盪。車內狹窄的空間因我們的動作不斷搖晃，但瀰漫其中的摩擦聲與蒸騰的熱氣，讓人根本感受不到車子的震動。

「哈啊，哈啊……」

唇舌不時溢出的喘息，讓空氣的熱度節節攀升。互相套弄的性器，不知不覺淌滿了黏稠的液體。可能是不滿足於我的動作，他將身體貼得更近，一口氣握住兩人的性器上下套弄，與此同時，敏感的冠狀頂部也被迫相互摩擦。隨著足以讓大腦融化的快感迅速堆疊，射精即將到來的焦渴也越發濃烈。

「哈啊……嗯！」

綿長的呻吟自口中溢出，身體痙攣般抖動，他仍壓在我身上，並將我的手覆在他尚未發洩的欲望上加速磨蹭。心跳在胸腔內怦然作響，和我耳邊的低喘彼此糾纏。

哈啊，哈啊——

「呼……呃……」

溫熱的液體滴滴答答落在我的手和腰腹上。已經射出來的他，將原本愛撫著耳朵的唇舌，挪到了我的唇上，輕輕舔吻。即使射過一次，我卻因他的親吻，再次被熱氣隱隱包裹。不過，這次我感受到了恐懼，被他硬上的可笑藉口此刻已不再管用。

藉口啊……為了幫自己開脫，居然要找這種無可救藥的可笑藉口？無言的情緒和無法控制自己的恐懼猝然攫住大腦，讓我稍微回過神來。我到底想做什麼？我閉上眼睛，在心中質問著自己。直到唇上的溫熱消失，我才緩緩將眼睛睜開，看向在上方俯視著我的他。伸長的手臂撐在我的兩側，他默默凝視著我，冷漠地問道。

「還想繼續嗎？」

「……」

「說吧，我幫你。」

「……怎麼幫？」

問完後，他露出了笑意不達眼底的客套微笑。

「很簡單，只要你弄清楚自己真正想要的是什麼就好。」

我真正想要的。儘管他並未告訴我答案，莫名的涼意卻已反常地在心中擴散。俯視著我的視線，化為一股未知的恐懼，倏然襲向我空無的心臟。彷彿只要我據實以告，這具軀殼將會噴湧出鮮血，被撕扯成碎片。

——膽小鬼。

我對自己這麼喊著，在內心強迫自己好好回應。可我依舊開不了口，反而用力推了他一把，見狀，他順從地從我身上離開。

我現在的樣子十分可笑，一條腿掛著褲子與內褲，下腹和大腿還沾著精液，但周圍的環境讓我霎時清醒過來。噢，幹，這裡是停車場。座椅升起後，我開始左顧右盼，查看哪裡需要清理乾淨；而坐回駕駛座、從容不迫地用衛生紙擦手的他，戲謔地開口。

「你那樣比較好看。」

我感到一陣煩躁，猛然轉頭瞪他，卻在看見他眼底仍隱晦燃燒的欲火後，忍住了準備開罵的嘴，並認命地伸出手，試圖從他手中搶過衛生紙。但他避開了我的手，拿著衛生紙溫柔地替我擦拭身體。

「不用了，直接給我就好。」

「不要。」

什麼？我再次怒瞪著他，他卻淡定地表示。

「你就當作這也是被我強迫的吧。你是被強迫的，那樣你心裡才會好過吧？」

我穿好內褲與外褲，凶巴巴地咕噥。

「……你這傢伙，不准挖苦我。」

「那不然你問我，被你無視的真心究竟是什麼？我現在就可以告訴你答案。當然——」

他瞇起眼睛，嘴唇綻出殘忍的笑容。

「你此刻有多害怕，就表示你有多麼難以接受真相。」

他邊說邊抬起手，輕輕勾住我的脖子。我轉頭想躲開，他的手卻硬生生將我的臉轉了回去。

「我這個人啊，從來沒有對一個人如此體貼過。」

「……」

「但如果必須先摧毀才能擁有，我不會有任何猶豫。」

所以你想怎樣？當我強硬地擺脫他的手時，聽見了耳熟的期限。

「一個星期。你必須在這之前來問我，不然我就會不顧你的意願，直接說出來。」

「一個星期」這幾個字，讓我想起了金會長，這是他給神經病的期限。

「別擔心我，擔心你自己吧。」

知道我在想什麼的他，一邊確認時間，一邊笑著說道。

「你真的在擔心我？我不是提前告訴你了嗎？我會輸掉第一回合。」

「所以金會長說的那些話都在你的意料之中？」

令人哭笑不得的是，他爽快地搖了搖頭。

「不，也有出乎意料的部分。」

「你不擔心？」

我傻眼地詢問，他卻反過來問我。

「我為什麼要擔心？難道你擔心我真的會輸？」

「對，金會長有可能會贏啊。」

我語氣冷淡，他卻像聽見什麼有趣的事情，靠在方向盤上抖著肩膀，無聲地笑了好一陣子。我說的話到底哪裡好笑了？在我忍不住有些惱怒時，終於抬起頭的他開口說道。

「真有趣，我是不可能輸的，因為我擁有能致勝的一切。」

我本來想問是什麼，又感覺他會自我吹噓一番，索性直接轉頭。但他突然「啊」了一聲，提起了某件事。

「說到這裡我才想到，的確有白痴認為，不如我的傢伙只要拚死努力，就有辦法贏過我。」

我忘了曾在哪裡聽過一句格言——你無法打敗努力的人。於是我反問他。

「那個白痴拚死努力，不也有可能贏過你嗎？」

而他給出的答覆，卻讓我再無法反駁。

「贏不了的。拚死努力？我也有啊。」

執著之所以可怕，正是人們無法輕易察覺它的存在。熟悉了已成習慣的貪婪，而將自己的執著視為理所當然。無論在他人眼中有多麼不正常，那是唯有自己無法看透的漆黑深淵。

明新即將陷入的深淵就是那臺車。此時我正為了參加電視配角的試鏡，在公司停車場的入口等待經紀人。一臺酷炫的進口跑車在我面前急煞停下。經紀人的車是隨時可能在路上拋錨的古董，我很確定那絕對不是他。不過這臺車的主人我也十分熟悉，畢竟已經在餐館見過一次了。

喀！

明新走下車，用力關上車門。見我盯著他看，他炫耀似的站到車子前面，片刻後才慢慢朝我走來。連臨時車牌都還沒拆下的車子，閃耀著一塵不染的光澤。幾天前在餐館和金會長碰面時，我就知道他換了新車，但萬萬沒想到他會這麼快就落入我的陷阱。

當然，對此我十分樂見，不過也忍不住開始懷疑，他的資金是不是比我想像中充裕？聽說他沒拍過幾支廣告，難道是在金會長手下存了不少錢嗎？還是這次另外想辦法弄到錢了？若是如此，我只能更認真刺激他了。

「你聯絡得到車中宇嗎？不知道他窩在哪間育幼院，根本找不到他。」

「這種事問我幹嘛？」

聽到我的反問，明新撇了撇嘴。

「不是只要你找他，他就會自己滾過來嗎？這次再叫他過來看看吧，王八蛋。」

你想叫他看的不是你，而是你的車吧？看來你真的非常想炫耀啊。我壓抑著內心不住湧上的笑意，看向他的車子。我刻意緩慢掃視車身，說出了他想聽的話。

「這是你的車？不是租的？」

「哈！笑死，你不相信是不是？不相信我可以輕鬆買下這種車？」

我瞟了他一眼，再次對著車子漫不經心地回答。

「對，不相信。其實憑你的人氣和收入，根本配不上這臺車。」

「你又知道了？居然敢這樣鬼扯？」

「我知道你除了能幫金會長口交外，什麼都不是。」

明新咬牙切齒地瞪著我，一定是想起了自己前幾天在餐館表現出的樣子。既然被我發現他只是遭到利用，他就很難再以此向我炫耀。畢竟不管他如何提起金會長這個靠山，我都只會對他冷嘲熱諷，就像現在這樣。

「而且我印象中，幫金會長口交的也不只你一個。看來你的財產恐怕就只剩那臺車了。」

「你在胡說八道什麼？」

明新緊握拳頭，朝我走近一步，但我知道他不敢揮出拳頭，於是繼續開口譏諷。

「我上次在公司看到了金會長。你到海外拍攝時，亨碩緊跟在金會長身邊。你知道嗎？亨碩比你年輕，嘴巴也很厲害，說不定有辦法讓金會長的屌硬得更久。反正金會長只要有人幫自己口交就好，根本不在乎對象是你還是亨碩。」

「狗崽子，你在鬼扯什麼東西？」

「鬼扯？你是真的不知道，還是故意裝傻？」

這次他沒有回答。顯然他早就開始提防亨碩，所以不敢立刻說謊否認。我再次望向他的車，開口說道。

「亨碩總有一天會坐進那臺車。到時候的你會坐什麼呢？啊，只能走路了嗎？畢竟那個位置被亨碩搶走後，你就什麼都不是了。」

怒不可遏的明新似乎想強迫自己冷靜下來，過了好一陣子才低聲放話。

「……你這傢伙，給我閉嘴。」

「宋明新。」

我喊出他的名字，往前踏出一步。

「死王八蛋，你在命令誰？」

我沒錯過他眼底瞬間閃過的顫動，露齒對他笑著說道。

「要是沒有金會長，你真的什麼狗屁都不是。你很快就要一敗塗地了，到時候你第一個要變賣的，肯定就是那臺車了吧？」

我轉動眼珠瞥了跑車一眼，才繼續凝視著氣憤到握緊拳頭不斷顫抖的明新。

「我會一直盯著你，看你什麼時候會賣掉破車，改用爬的。」

隔天前往李攝影師的工作室前，面善男傳來了我預料之中的簡訊。

——亨碩被宋宥翰訓了一頓。

雖然只是短短一句話，卻是他捎來的消息中，最令我開心的一則。我似乎不由自主地露出了笑容。

「是什麼有趣的內容？」

在一旁開車的經紀人朝我問道，隨後忽然臉色一變。

「該不會……是神經病吧？」

我將手機放回口袋，回答「不是」後，他才鬆了一口氣。接著，他似乎有什麼話想說，欲言又止地偷瞄我。最後，他選擇乾咳了幾聲。

「咳咳，泰民，我問你，咳咳，你跟神經病很熟嗎？」

「為什麼問這個？」

「嗯？沒有啦，我不是要干涉你的交友圈，不過……」

他又偷瞄了我一眼。我盯著他，示意他繼續說下去後，他再次乾咳。

「咳咳，是不是和神經病保持一點距離比較好？他的確讓我們學到了維爾紐斯這個很棒的常識，但他不只本性像神經病，居然還跟蹤別人！我昨天追問了漢洙和現場經紀人，結果一提起傑伊，現場經紀人就哭了！」

那個大叔哭了？

「真的嗎？」

「當然！雖然不是真的哭出來……但他臉上展現的愁容和眼淚根本沒有區別，可能是神經病真的對他窮追不捨，讓他飽受折磨吧。待在家裡，被老婆趕出門賺錢；到了外頭，又被神經病跟蹤，我真是太同情他了。」

落淚的想必是經紀人吧。話說回來，現場經紀人和神經病究竟是什麼關係？關於這點，我還沒問神經病呢。下次見面時，記得一定要問……想到這裡，我倏然想起他在停車場說的話。一個星期——要我去詢問真相的期限，現在只剩兩天了嗎？這段期間他都沒有和我聯絡，大概是真的打算等一個星期吧。而我自然而然地聯想到了另一個給出一週期限的金會長。

「你有聽說關於夢想企劃的任何消息嗎？」

經紀人本來在旁邊激動而認真地向我分析，神經病傳來的簡訊有多麼神經，聽到我的疑問才忽然嘆了口氣。

「呼，這個問題真的……讓我覺得很鬱悶啊。」

「金會長已經確定要成為夢想企劃的社長了嗎？」

原本正要減速、準備切換車道的經紀人，因紅燈而徹底停了下來。他皺著眉頭轉過來看我。

「對，聽說大約三週後，就會在幹部會議正式推舉他成為社長。不過，據說他已經掌控夢想企劃的工作了。應該是反社長派的人站在金會長那邊，幫忙加速推進吧。先前進度停滯不前的電視劇，也已經開始進行製作了……」

他停頓了一下，才嚴肅地繼續說道。

「那麼好的一部作品，居然要由金會長那種人來製作？他拍戲只是為了賺錢，哪可能拍出什麼優質內容？聽說他已經開始撒錢買地、蓋大型布景了。他怎麼可能白白投入那筆錢？肯定是想盡辦法也要賺回來嘛。為了刺激收視率，排滿具有刺激性的內容，再安插一堆置入性行銷之類的。」

彷彿預見可想而知的結果，經紀人再次長嘆。

「與此同時，又會在演員陣容中，安插一個韓流明星作為噱頭，將作品輸出到國外。」

原本憤恨不平的他，這才用稍微開朗的語氣，說出另一種可能性。

「但尹理事仍是夢想企劃的最大股東，所以還有機會阻止。希望尹理事不要投靠金會長那邊才好。」

這個嘛，他人應該不會過去，但股票有可能會。他像開玩笑般，說可以為我放棄夢想企劃的那句話，一直令我相當在意。當然，他應該不會真的為我放棄，可我總感覺他認為放棄也是一個選項。

「那部作品沒辦法由夢想企劃以外的公司製作嗎？」

「是可以，畢竟版權在我們公司手上，只要簽約就可以。不過現在已經與夢想企劃簽完約，導演也定好了，幾乎不可能撤回。」

那放棄夢想企劃，不就等於連帶放棄這部電視劇嗎？神經病的腦袋到底在想什麼呢？我正思索時，只聽經紀人小聲咕噥。

「嗯，既然電視劇提前開始製作，很快就要開始甄選演員了吧。呿，那邊肯定又會拿到一大筆經費。」

錢啊……明新想必也會加入甄選的行列吧？既然知道自己對金會長來說可有可

無，他應該會親自工作賺錢了吧。這時，經紀人可能忽然想到，開口告知了我後面的行程。

「對了，這才想到，鄭製作人有聯絡我。他說三天後有空的話，想找你到工作室讀讀看新的劇本。」

那部電影拍得還順利嗎？才剛這麼想，經紀人就給出了答案。

「聽說除了你的戲份，其他部分都已經拍完，開始剪輯了。」

走進李攝影師的工作室時，我產生的第一個念頭是——有帶經紀人一起來，真是正確的決定。今天要接受試鏡的人是我、面善男與亨碩，所以我再三交代李攝影師絕對不能和我裝熟。可他一看到我，就伸手按住心臟，從遠方跑了過來。

「啊啊！泰……嚇！崔社長！」

唰——推開我往前站的經紀人舉起手，向李攝影師熱情地打招呼。

「嘿——李攝影師，你過去那邊，嘿，嘿——」

經紀人像驅趕動物一樣揮了揮手。李攝影師的表情瞬間扭曲，但在看見我面無表情的臉後，又露出靦腆的笑容，悄悄靠近。經紀人先是雙手交叉在胸前，擋住了他的去路，接著又用肚子推開他。往後踉蹌一步的李攝影師，面露委屈地瞪著經紀人。

「崔社長，因為你的關係，我到亞馬遜尋找根本不在那裡的泰民先生，結果被鱷魚、被鱷魚……」

他哽咽般說不下去後，經紀人頓時目露凶光。

「怎麼？你被鱷魚瞪了？」

「嚇！你怎麼知道?!」

李攝影師嚇了一跳，我也有些驚訝，沒想到經紀人居然開始有經紀人的樣子了。

「李攝影師，我不吃無病呻吟這一套，勸你趕快放棄，回去做你的工作吧。嘿——」

在李攝影師無奈退開前，他側著頭用唇語對我說。

——一切準備就緒。

看著他再次開心跑走的背影，經紀人似乎也讀懂了他的唇語，狐疑地問我。

「李攝影師說了什麼？他買了雨衣？不是啊，他買雨衣幹嘛跟你炫耀？」[1]

試鏡用的個人拍攝時間不長，反倒是準備期間特別漫長。直到傍晚，我們才終於

1 韓文「準備就緒（준비됐어）」和「買雨衣（우비 샀어）」部分發音相似。

拍攝完畢，只剩等待結果出爐。李攝影師說馬上就會作出決定，叫我、面善男與亨碩在房間裡等候。

當然，兩人如同無視我一般，坐得遠遠的，但他們並沒有彼此交談。理由也很簡單，他們待在一起時，主要都是由亨碩開啟話題，而現在他卻閉口不言、十分沉默。他臉色慘白，在拍攝期間看起來也是拖著吃力的身體，勉強站著。

被李攝影師斥責「就只有這種表現嗎」之後，才勉為其難擠出笑容的他，似乎連坐著也十分吃力，額頭甚至冒出點點冷汗。三人就這樣沉默不語地待在房間四十分鐘。我看了看時鐘，再轉頭看向兩人。李攝影師的助手就快依約進來告知結果了。

「請你先把我們三個留在房間，過五十分鐘再告知結果。就是我說的那個人選。」

李攝影師現在大概在外頭一邊品嘗咖啡，一邊留意時間，遵守他和我的約定吧。隨後，發現我目光的面善男悄悄瞥了我一眼，我便開始上演準備好的戲碼。

「你現在是不是自以為很了不起？」

面對突如其來的挑釁，兩人同時驚訝地看向我。亨碩好像連說話也十分吃力，只是繃著一張臉，而面善男語氣生硬地反問。

「你突然說這是什麼話？」

「我不是說你，是你旁邊那個叫亨碩的。」

被我點名後，他艱難地開口。

「我怎樣了？」

「我在問你是不是自以為很了不起。」

「我哪……唉，幹，我哪裡自以為了不起了？」

我刻意歪頭，斜眼盯著他。

「這份工作的結果不是已經內定了嗎？你還說沒有？」

「什麼？內定？」

他轉頭望向面善男，像在問對方知不知情。想當然，面善男瞪大眼睛搖搖頭，表現出從來沒聽說過的樣子。我看著兩人互相確認後，再次向亨碩開口。

「還裝傻？你覺得明知道不會獲選，還跑來試鏡的我很可笑是不是？」

「你到底在說什麼……」

「不就是你嗎？」

「我？」

我低下頭，忍不住笑了出來。

「哈哈，真氣人啊。居然還敢問？這份工作不是打從一開始就內定要選你了？幹，少在那邊裝出一副天真的樣子。」

亨碩好像真的非常驚訝，甚至忘了身體的不適，從座位上站起身。

「你說……內定要選我？我才想問，你到底在說什麼？我什麼都不知道。」

不過，我接下來說的話，讓他驚訝的表情瞬間冷卻，整個人呆住了。

「你最好不知道，你不是宋宥翰的手下嗎？在這個圈子，誰不知道李攝影師喜歡宋宥翰卻被拒絕？聽說李攝影師對宋宥翰念念不忘，至今都沒有另結新歡。所以不管宋宥翰說什麼，他都一定會聽吧。」

我嘲笑著站在原地愣住的他。

「你知道我來到這裡以後，聽到工作人員說的第一句話是什麼嗎？是李攝影師今天心情非常好。」

實際上，他的心情的確很好，但應該是見到我的緣故。

「我追問為什麼，他說是李攝影師一早就接到宋宥翰的電話。他打電話來還能是為了什麼？肯定是要李攝影師選擇自己的人。幹，這樣你還想裝蒜？」

我假意發脾氣逼問，蒼白愣住的他卻只是咬住下唇，一語不發。他不知道我和面善男正當面看他的好戲，就那麼呆站在原地。他腦海裡大概閃過了好幾種念頭，才終於得出結論——宋宥翰打了電話，真的是為了自己嗎？可是自己才剛被他狠狠教訓了一頓。既然宋宥翰已經開始提防自己，不可能會出手幫忙吧？

當他的眉頭逐漸鬆開，門忽然被推開，助手如約走了進來。

「抱歉讓各位久等了，老師說——」

助手看向其中一人，露出了笑容。

「請您留下來討論實際拍攝。李泰民先生也一起。」

助手看完我，便轉頭看向仍然站著的亨碩。

「閔亨碩先生可以回去了。」

接著，助手要獲選的面善男跟自己過去，面善男便一頭霧水地站了起來。

「不好意思，請問是不是搞錯了？應該不是我，而是亨碩……」

面善男支支吾吾地辯解，回頭看了亨碩一眼，然後輕輕拉了一下他的手臂。

「你還好嗎？」

只見亨碩直接用力甩開他的手，爆出粗口。

「幹，滾啦。」

他憤怒扭曲的臉轉向牆面，導致他沒看見面善男正看著他露出微笑。不過，面善男還是裝出十分愧疚的樣子，開口說道。

「應該是哪裡出錯了，我去跟李攝影師確認一下。」

他與助手離開後，只留下我與亨碩在場。只見亨碩無力地癱坐在位子上，低下頭，似乎把我的存在忘得一乾二淨。我凝視著他，說出這場戲最重要的一句臺詞。

「你被宋宥翰盯上了嗎？」

他瑟縮了一下，顫抖的肩膀替他回答了這個問題。我等待他緩緩抬起頭來，迎著他的目光，說出下一句話。

「要不然幫宋宥翰包辦一切雜事的你，不可能落選啊。」

他再次用力咬住下唇，感覺都要咬破嘴唇流血了。我改換口吻，溫柔地勸他。

「你被盯上的原因，不用想也知道，一定是你有什麼地方比宋宥翰厲害吧？那小子一旦發現別人比自己強，就會直接斬草除根。需要我給你一個忠告嗎？」

「……少囉嗦。」

他艱難地開口，但顫抖的聲音在我聽來，卻連抵抗都稱不上。

「如果你不打算離開那裡，就得把宋宥翰踩在腳下。」

我看著徹底抬起頭的他，露出笑容。他小聲的提問，傳進了我的耳中。

「……怎麼做？」

「你知道宋宥翰對車子很執著吧？他這次好像為了換新車而有些打腫臉充胖子。或許是金會長出手幫忙，他才能輕鬆換車。但要是他近期又必須再換一次……金會長這次還會輕易出手幫忙嗎？不，一定會發火吧？畢竟他已經為了夢想企劃花掉一堆錢了。要是得罪了金會長，宋宥翰根本什麼都不是，到時候就算是你，也有辦法把他踩在腳下吧？」

我對著眼神呆滯的他，再次挑明重點。

「所以說，假如宋宥翰面臨必須再買新車的情況，事情會如何發展呢？」

我留下陷入沉思的他，獨自走出來的時候，發現面善男正在工作室入口等我。

「你覺得會順利嗎？」

我對著憂心詢問的他點點頭。在我走出房間前，亨碩的眼睛已經帶上了狠勁。

「會順利的，你只要再做一件事就好。」

「什麼事？」

「宋宥翰近期應該會需要用錢，到時候你幫他介紹一個人。」

我向他遞出一張名片，走出了攝影工作室。雖然對一直等我的經紀人很不好意思，但我說自己有約了，便獨自走向已然暗去的街道。明明是過去五年定期報到、非常熟悉的地方，睽違幾個月再次前往，竟有種陌生的感覺。現在已是一般公司的休息時間，但我知道這裡的人才正要開始工作，沒敲門就推門走了進去。在裡面看著電視咯咯笑的人，看見我以後，高興地笑著開口招呼。

「哎呀，看看這是誰？李宥翰，你又需要錢啦？」

許久未見的貸款公司老闆，坐著對我招了招手。他示意我坐到他對面，但我只是站在原地，簡潔明瞭地說出自己的目的。

「對，需要錢。」

「這樣啊？」

笑容消失的他，驚訝地反問後，「嗯哼」了一聲。

「真是奇怪了，你絕對不是那種會再來借錢的人。」

「不是我。」

我說完後，他不知不覺恢復商人的神色，流露出貪婪的目光。

「不然是誰？」

「一個藝人。他過陣子就會聯絡你說要借錢了，到時候不管他想借多少，都請你借給他。」

「藝人啊……的確不錯，不過要不要借給他，我會自己決定。」

他說著風涼話，而我冷靜地讓他回想起過去的事。

「那傢伙的本名叫宋明新，是五年前跟我同居的人。就是當時拿著我收來的款項消失的傢伙。」

那瞬間，老闆目露凶光。

「喔，是拿著我的錢落跑的那傢伙？」

隔天，有個意想不到的人打了電話給我。因為是陌生號碼，我一開始沒打算接，但手機一直響個不停，我迫不得已還是接起了電話。沒想到，話筒另一頭，出現了熟悉的聲音。

『兩百元先生，我是愛麗絲的店經理。』

我有些驚訝，把手機從耳邊拿開，看了一下號碼，才回應他。

「……是。」

『您已經一段時間沒來愛麗絲了，要不要今天過來光顧一下呢？』

「不要。」

『……』

當那陣沉默久到我以為電話已經掛斷時，我再次聽見了他的聲音。

『請您再考慮一下。』

「發生什麼事了？就直說吧。」

我本來心想，一定是愛麗絲的社長叫他打來的，沒想到他的答案卻完全出乎我的意料。

『社長……情緒非常低落，自從昨天有個不速之客來過後，他整個人就無精打采的，令人看了非常心疼。』

既然店經理這麼說，看來真的出了什麼事。不過，就算這樣，為什麼要我過去？

「難道我去了，社長的心情就會變好嗎？」

『是的。』

「……」

『如果兩百元先生您來了，社長的心情應該會大大好轉。』

所以是為什麼？我準備反問，店經理卻主動說明了緣由。

「我服侍社長這麼久，從來沒看過社長笑得像見到您的時候一樣開懷。」

笑得開懷？我馬上想起了一件我根本不願回憶的事。幹，他指的難道是社長用兩百元系列笑話自娛自樂的時候？不過，我本想脫口而出的髒話，在店經理誠懇的語氣中，又堪堪吞了回去。

『社長那天笑到呼吸困難，我差點打了一一九。』

我依然不知道自己當時為何沒有把手機丟出去。儘管那個時刻總讓我忍不住想罵自己，對店經理來說卻猶如一線希望，他誠懇地繼續強調。

『您願不願意來這裡，逗我們社長開心？』

所以你是希望我過去那裡，只探出一顆頭，跟他打招呼說「五十元來了」嗎？

最後，我還是來到了愛麗絲的迷宮。但下樓前，我的心情並不那麼愉悅。其實我沒有很想來，也完全不認為自己的到來能如同店經理所期盼的那樣，讓社長心情好轉。儘管如此，我還是來了。

因為店經理過分懇切的語氣，也因為他替我挨了瘋狗的巴掌。當然，想還他人情是主要原因。但當我沿著熟悉的階梯走進愛麗絲，連走廊都能聽見的、某人大發雷霆的聲音，讓我嫌麻煩的心情瞬間消失無蹤。

「……不就是你嗎？不就是你指使的嗎?!死王八蛋，你不是一直處心積慮想整我嗎？嗯?!」

乒乒乓乓——！

一陣像是砸毀家具般、重物傾倒的聲音接著傳來，在整條走道轟然迴盪。聲音的來源，是最後方的社長辦公室。只見店經理正板著一張臉，站在走廊中央。他似乎刻意不讓其他員工靠近，在走道另一端的轉彎處，幾雙眼睛正不住好奇地偷瞄。我以為自己應該也無法進入，正要轉身走上樓梯時，在那人的痛罵中聽見了熟悉的名字。

「說啊，你這小子！你從以前就在拐騙傑伊、策劃陰謀了，你當我不知道嗎?!要不然傑伊怎麼可能突然改變心意回來找爸？為什麼突然覬覦我們的財產！」

鏘啷啷——！

每句話的結尾，都伴隨著某樣東西碎裂的聲音。在那之後，「砰」、「匡」、「鏘啷啷」等聲響接續傳來。我走到社長辦公室門邊，在店經理身邊停下腳步，門的內側又傳來了充滿鄙夷的辱罵。

「不知道是跟誰姓的雜種。你以為用這種方式在我們家附近亂晃，爸就會多看你一眼嗎？想得美，臭小子。」

這次沒聽見碎裂聲了。不過，在陷入一陣更不祥的沉默後，男人的聲音又一次傳來。

「趁我好聲好氣跟你說話的時候，離開傑伊身邊，還有……」

後面的話我沒聽清楚，不過可以確定的是，社長並沒有對他說的話給出任何回應。片刻過後，門被用力打開，一個六十歲出頭的高大男人走了出來。儘管憤怒得面紅耳赤，但高級的西裝和大器的姿態，依舊彰顯了他來頭不小的身分。他無視了我和店經理的存在，腳步急促地掠過我們身邊。店經理可能想為他帶路，急忙追了上去，還不忘悄聲對我說道。

「請稍等一下。」

就這樣，店經理帶著把自己當成透明人的男人走到外面。我注視著僅有巴掌寬的門縫，過了一會兒，才緩緩將門推開。沒聽店經理的話對他很不好意思，但聽見裡面傳出窸窸窣窣的聲音後，我還是忍不住開門走了進去。在所有物品東倒西歪、一片狼藉的辦公室裡，社長正彎著腰一一收拾。他循著開門聲抬頭，和我打了聲招呼。

「喔，百元，你來啦？」

他的聲音和平時一樣。原本心想，要是他抑鬱寡歡地坐在原地，或是犯了灰塵過敏，我就要直接轉身離開。但既然他看起來若無其事，我也只能繼續留下來了。

「如果我幫忙，你會付我打工費嗎？」

嘴上這麼說，但我已經伸手扶正了被翻倒的沙發。

「打工費？嗯，你想要多少？」

「不是兩百元就好。」

社長噗嗤一聲，嘴角抽動，然後點了點頭。

「好，那就是重要的金額三百……」

「三百元我更討厭。」

我打斷他的話，他立刻怒目而視。

「美好的三百元怎麼了？」

什麼該死的美好？不過，我沒辦法為了三百元發脾氣。儘管語氣和平常一樣，但他整個人卻有些無精打采的。

「如果領到三百元，感覺要多花費半人份的力氣工作，請給我五十元就好。」

我踢開碎裂的陶瓷花瓶，將傾倒的桌子翻正。社長的嘴角再次露出笑容，一屁股坐到對面的沙發上。接著，他招了招手要我也坐下。也對，光是扶正沙發和桌子，應該就值五十元了。一片狼藉的屋內，某些不久前還存在的東西已不見蹤影——眾多的花環與花籃。本以為即使枯萎，他也絕對不會清掉，現在卻連半點痕跡都看不見了。社長好像從我的目光發現了我的疑惑，輕鬆地開口解釋。

「那些花昨天壞了，我就丟掉了。」

這才想到，店經理說昨天有個不速之客上門。跟今天的不速之客是不同人嗎？

「是誰？」

被我這麼一問，社長漫不經心地抬眼看我。我指著已經關上的門，再次詢問。

「剛才離開的人是誰？」

儘管沒有資格，第六感卻讓我反常地開口了。在我眼前裝作無事發生的他，說不定想找個人傾訴。如果不想的話，他一定連回答都不肯，就直接對我發火了。這樣多管閒事，真不像我會做的事。我將腦中對自己的斥責推開，因為我顯然沒有猜錯。

「傑伊的親生父親。」

社長用毫無感情的眼睛凝視著關上的門，繼續說明。

「拋棄傑伊的父親。」

我重新回想著稍早掠過我身邊的人，試圖在記憶中找到他與神經病相像的地方。聽社長這麼說，才發現他們外表的確有些神似，不過，僅此而已。神經病給人的感覺與他截然不同，他們看起來不太像家人；反倒是外表沒那麼相像的社長與神經病，更有家人的感覺。

「那就是你哥哥囉？」

畢竟他自稱是神經病的叔叔，這個推測也是理所當然。沒想到他卻「嗯哼」一聲，搖了搖頭。

「不是，他不把我當弟弟，我也沒有把他當成哥哥。」

可以因為這樣，就決定不當家人嗎？既然血脈相連，就無法忽視血緣關係的存在吧？我的疑惑，馬上就因社長接下來說的話而消失了。

「也不確定是不是真的有血緣關係。」

隨後，社長繼續簡單地解釋道。

「因為我是私生子。」

「這樣啊？」

他回答「嗯」，然後用力點了點頭。

「我不認識我爸。我媽在我很小的時候就過世了，只是她臨走前告訴我說『這個人是你爸』，我就去找了對方，卻被誣陷成騙錢的騙子，被趕了出來。因為他下流卑鄙，連親子鑑定都不肯做。」

接著他噗嗤一笑，自言自語道。

「也對，原本經商賣酒的媽媽欠了一筆債，我的確需要錢。」

「那傑伊也像社長一樣，是私生子嗎？」

這次的問題，讓他第一次板起臉來。

「傑伊不是，傑伊和我這種人完全不一樣！」

真不可思議。明明不被哥哥當成弟弟，卻如此疼愛哥哥的兒子，而且還是被哥哥拋棄的兒子。他似乎意識到自己過於激動，於是輕嘆一口氣，隔了一段時間才問我。

「你之前沒見過剛才走出去的人嗎？」

我回答「對」並點了點頭，他有趣似的露出微笑。

「這樣啊？那就可以告訴你了。反正再過幾週，大家就會知道了。」

「知道什麼？」

「知道那個人是傑伊的親生父親。」

我想了想，好像明白為什麼社長說可以告訴我了。即使知道是神經病的父親，但我對那個人幾乎一無所知，就算聽社長說了他的事也不影響大局。這就表示那個人的身分很重要囉？社長決定告訴我後，可能是感到如釋重負，他靠在沙發上，回味往事般開口。

「那個人和傑伊的母親是正式締結婚姻，但聽說是被雙方父親要求聯姻的。後來，他們生下了傑伊，可惜婚後生活並不美滿。儘管如此，傑伊的母親依舊沒有離婚的打算。沒想到，那傢伙婚前就有另一個對象，還跟對方生下了傑伊同父異母的哥哥與姐姐。後來，他厚顏無恥地把兩個小孩帶回家，並將他們的戶籍遷回家中。上述這些內容很老套吧？這種情況，對於那種人來說十分稀鬆平常。」

究竟是哪種人，才會覺得這種事稀鬆平常？我忍住疑問，繼續傾聽社長接下來要說的話。

「但不只孩子，那個人還想讓小三進門。正好傑伊的母親因父親過世，打算結束這段支離破碎的關係，而那個人在徵得逼自己結婚的父親同意後，終於如願離婚，改和小三結婚。畢竟傑伊的母親已不再留戀，所以一口答應了他的請求。對所有人來說，這也算是幸福快樂的結局吧？除了傑伊以外。」

「為什麼？」

「因為有人不放傑伊走。那個貪婪的老頭……也就是傑伊的祖父不願意交出韓家的男丁。傑伊的母親為了帶走傑伊，表示她不要任何賠償，也可以不收回作為嫁妝帶來的所有資產，但那個老頭子還是不同意。在傑伊八歲的時候，他母親選擇獨自離開韓家，承諾一年後會回來接他，並要求他一年內都不可以運用某樣東西。你猜是什麼？」

對於他的問題，我毫無頭緒，只能搖了搖頭。看我一臉茫然的模樣，他似乎很開心，笑著說出答案。

「頭腦。」

社長用手指輕指自己的頭。

「他母親叫他不可以動腦。老實說，會那樣交代八歲小孩的母親，還有全然照做的兒子，都讓人難以理解。但傑伊不僅遵照母親的吩咐沒有動腦，甚至連嘴巴都閉上了。聽傳聞說，他被醫生診斷因母親離開造成巨大的打擊，導致出現失語和自閉的症狀。一年後，當傑伊的母親如約回來，老頭子才終於交出了傑伊的撫養權。他說韓氏家族不需要廢物，直接將傑伊移出了戶籍。」

這件事似乎讓社長很高興，只見他笑到肩膀止不住顫抖。

「哈哈，不覺得毛骨悚然嗎？一個八歲小孩居然騙過了所有人，甚至騙過了醫生。」

笑得更加開懷的他，就這樣愜意地說出了故事的結尾。

「後來傑伊去到美國，就改姓尹了。」

他的聲音，讓我想起了神經病說過的話。

——他本來應該姓韓，可是姓不了；我則是本來姓韓，後來改姓尹。

原來是這個意思啊。我看著社長淡定的表情，問出了自己好奇的部分。

「那你跟傑伊是怎麼認識的？」

根據他說的那些，他們理應沒有任何交集。被我這麼一問，他望著半空中，露出溫柔的微笑。

「我當初去到韓家，被打得鼻青臉腫趕出來的時候，只有一個人認同我，說我看起來就是那個老頭的兒子。那個人就是傑伊的母親，是她幫助了我。唉……我當時真的非常迷惘。我以為的家人，把我當成蟲子看待；而一個素昧平生的陌生人，卻願意幫助我？我以為她是同情我，拒絕了她的援手，結果被她狠狠罵了一頓。」

他看著我，認真地說道。

「她真的很可怕。」

「……」

「你嚇到了嗎？也對，聽到傑伊的媽媽是那麼可怕的人，你一定很驚訝吧。我一開始看到她，也嚇到了一大跳。」

不，我是被你嚇到了。我望著認真坦言自己很害怕的社長，他卻不以為意地繼續開口。

「因為有她的幫助，我不僅還清了債務，還開了一間小酒店，所以這間店有一半是屬於傑伊的。」

股東。所以神經病才說他有這裡的股份啊。

「我明明受她幫助，卻從來沒表示過什麼，還無禮地對待她，沒想到她居然帶著年幼的兒子過來……」

社長假裝清了清喉嚨，不自然地挪動目光後才繼續說道。

「要兒子叫我叔叔，還讓我們見了幾次面。傑伊去美國後，我就只有和他母親聯絡了。如果傑伊五年前回韓國時，我們曾經短暫見過的那一次不算，再下一次見面，就是傑伊幾個月前徹底回到韓國的時候了。但可能是太多年沒見面……」

他含糊其辭，臉上露出憂鬱的表情，側著頭嘟囔。

「他現在不叫我叔叔了。」

坦白說，如果我是神經病，也不會想叫社長叔叔。社長對家人的愛，實在讓人太有壓力了。於是我轉換話題，試圖扭轉他陰鬱的情緒。

「既然連戶籍都被移走了，親生父親為什麼還會出現？」

「喔，呵呵，因為有個快死的老頭子想找傑伊了，畢竟他本來就很有能力。自從輾轉聽說傑伊在美國活躍的表現後，就一直寢食不安，結果傑伊一回到韓國，就吵著要找他回去。本來在老頭底下拚命工作的那個人和他的小孩都心急如焚，畢竟他們再怎麼努力，都比不上傑伊的一根手指。」

努力。這個詞讓我想起了神經病之前的嘲諷。他說過有白痴以為只要努力就能贏過他。

「那他為什麼跑來這裡鬧場？」

「那是因為——」

噗嗤一笑的他，開心地回答。

「應該是他去找傑伊鬧過，傑伊卻不為所動，所以改來找我吧。因為我和傑伊感情很好，讓他既羨慕又嫉妒。呵呵，他們連和傑伊說話的機會都沒有，可是我和傑伊這幾個月已經講了四十三通電話、傳了七十封簡訊！啊哈哈——而且我們還一起喝了兩次酒！」

有別於店經理的擔憂，社長顯然已經自己調適了心情。但我知道，淪為一片狼藉的辦公室，以及傑伊親生父親撂下的狠話和咒罵並不會輕易消失，而我恰恰知道能讓那些傷痛立即消失的靈藥。

「我上次問過傑伊，社長是什麼人。」

他「嗯？」了一聲抬眼看我，而我淡淡地對他說。

「他說是叔叔。」

對期待看見社長露出笑容的店經理很不好意思的是，我好像不小心讓情況往反方向發展了。只見社長整個人驚訝地愣在原地，雙眼瞬間泛紅。

隔天，公司比平常還吵鬧。即使不是用餐時間，餐廳也人聲鼎沸，休息室與自動販賣機前面，擠滿了交頭接耳的人，簡直和車中宇事件爆發時一樣。這天我的行程只有下午的演技課，不過我特地上午就過來了。

這是為了確認前一天才結束外地拍攝的漢洙是否有平安歸來。當然，他身邊有現場經紀人陪同，應該不會有什麼問題。如我所料，當我打開會議室的門，看見漢洙正興高采烈地閒聊著，只是話題有些出乎我的意料。

「所以會提前開始製作嗎？畢竟已經確定好電視臺，還排定播出時間了。哇，真的今年就會播出嗎？」

漢洙驚訝地朝著經紀人一頓猛問。現場經紀人可能又跑去其他地方睡覺，不見人影，只有經紀人面色凝重地點點頭。兩人似乎顧著談論重要話題，只用眼神向我打招呼，便繼續交談。

「對，既然製作提前這麼多，播出時間應該也會提前。先前只是跟各家電視臺洽談條件，既然已經和其中一間簽訂合約，還敲定了播出時間的話……呼，那表示製作的前置作業已經統統完成了。」

有別於激動的漢洙，經紀人長嘆了一口氣。眾人引頸期待的電視劇提前開始製作，照理來說應該開心才對，但知道原因的我並不怎麼高興。

「泰民，你還沒聽說吧？夢想企劃好像要加快電視劇製作的速度了。也不知道是什麼時候洽談的，新聞報導說已經和S電視臺簽約了，預計今年下半年要在電視上播出。」

經紀人說的話，有個令我在意的地方——不知道是什麼時候洽談的。看來金會長早早暗中準備好一切，就等著這一天到來吧。他對其他人表現出猶豫不決、不知道該投靠哪邊的樣子，並且在判斷有機會從尹理事手中奪走股票後，才終於露出本意。雖然事情進展之快速令眾人驚訝，但對於許久之前便已完成布局的他來說，現在的速度確實過於緩慢了。

「所以公司才會鬧哄哄的嗎？」

「嗯？喔，因為快要舉辦試鏡了。眾所皆知，夢想企劃是我們的子公司，大家都認為一定會選擇我們公司的演員，可是……」

短暫停頓的經紀人再次輕嘆。

「有傳聞說，金會長已經收購了尹理事的所有股份，夢想企劃變成了經營權不受干涉的獨立公司。所有人都認為現在只剩下反社長派的演員才有機會被選中，所以……就亂成一團了。就連在辦公室，大家也分成兩派大聲爭執，唉。」

起初還開開心心的漢洙，好像從我和經紀人的對話中，發現了事情的嚴重性，默默眨著眼睛。

「既然電視劇版權在公司手上，不是也有機會影響選角嗎？」

我提出疑問後，經紀人點點頭，並加上但書。

「是有機會——在簽約之前。但現在已經和夢想企劃簽完約了，不管他們怎麼做，我們都無話可說。可能是簽約當下沒有註明『子公司決定之演員名單必須與甲方共同商議並獲得同意』之類的細項條款吧。所以我才覺得心煩意亂，擔心再那樣下去，夢想企劃多年的努力就要被徹底榨乾到一點也不剩了。」

隨後，經紀人露出無力的笑容。

「搞笑的是，聽說因為準備開始試鏡，檯面下已經出現不少金錢往來。其實本來就有人會為此砸錢，但這次的不正當競爭卻毫不遮掩，畢竟製作公司、導演、電視臺全都是想賺錢想瘋的人。」

最後他搖了搖頭。

「現在只剩下一個方法能阻止這種局面發生了——尹理事不把夢想企劃的股票交給金會長。」

我上完下午的課，準備離開公司時，見到了已成為經紀人唯一希望的尹理事。因為隔天還有電影的最後一次拍攝，我獨自留下來練習完才離開。當時已經有點晚了，一直站著反覆念出同樣的臺詞，說實話也挺累人的。我走到自動販賣機前面，看了看從口袋掏出的手機。收到的訊息有四封，前面兩封來自漢洙。

——我怕打擾到你練習，所以直接走囉，明天加油！加加油！

——是說，現場經紀人怪怪的，他好像在跟蹤我 T-T

我再三交代現場經紀人，可以的話盡量護送漢洙，因此他正勤奮地跟著漢洙行動。當然，起初他以需要連我一起保護的可笑理由拒絕了，但我只說了幾句話，就讓他只能無奈地照做。其實我也沒說什麼，只是稍微威脅他，表示要向神經病告狀說他根本沒有關節炎。

我完全沒料到這招居然行得通，而他卻嚇得乖乖照辦。現場經紀人與神經病的關係已經不只讓人驚訝，而是令人有些哭笑不得了。就算他們之間發生過什麼嚴重的糾紛，現在聽起來應該也只剩搞笑。值得慶幸的是，現場經紀人有老老實實地盡著自己的職責。

比起直接嚇唬漢洙說「金會長盯上你了」，還是讓他把現場經紀人當成跟蹤狂比較好。我認為，知道電視劇選角需要用錢的明新，非常有可能為了討好金會長，故意對漢洙下手，所以更應該派現場經紀人跟著他。畢竟不管怎麼樣，對明新來說，漢洙絕對是比我好對付的目標。我在走廊上緩步前行，一邊查看下一封簡訊，看見了一則意料之外的訊息。

——昨天很感謝您。

寄件人是愛麗絲的店經理。還好只是一句簡短的文字，不會讓人太有壓力。要是他打電話過來，說出一長串感謝，我反倒會很不耐煩。畢竟我只是轉述神經病說過的話罷了，並沒有做什麼值得被感謝的事。隨後，我繼續漫不經心地看著下一封簡訊，看著看著，倏然停下了腳步。最後一封訊息，是面善男的報告。

——亨碩銷聲匿跡了，不過他有打電話過來，問我宋宥翰的行程，感覺過陣子他就會動手了。至於宋宥翰，我聽說他正忙著為電視劇的選角籌錢，我會找機會把你給的名片拿給他。

直到這裡都沒有任何問題，但最後面加上的文字卻不太順眼。

——謝謝你，讓我有機會復仇。

……這個蠢貨，到底有什麼好謝的？一時間，我在內心咒罵著。明知道我是為了自己的復仇，才把他拖下水，現在反而感謝我？原本想打電話告訴他，如果再說那種廢話，就趕緊放棄復仇吧，內心卻有另一個聲音阻止了自己——復仇還沒結束，我需要他。算了吧，他本人都道謝了。

冷酷的貪婪平復了不知所措的情緒。換作以前的我，定會直接視若無睹，但奇怪的是，此刻我卻有種微妙的不適。不，在我剛開始復仇時，大概會譏笑並無視這種感謝。我走進電梯，下意識按好樓層，得出了我不願承認的結論。

我變了。或許此刻亦在持續改變當中。因為擔心漢洙甚於自己而讓現場經紀人陪著他、給了愛麗絲社長需要的安慰，還因面善男的答謝產生罪惡感。過去五年本該空無一物的心臟，在這僅僅不到幾個月的時間中，不小心累積了太多感情，令我感到一陣不適。

我在腦中對自己嘶吼，像我這種傢伙，不該有任何享受，也不該有任何感情，只能一直贖罪。但當我回過神來，我已經擁有了那些對我來說過於奢侈的一切。而在這之中，有個人占據了我不願承認的、沉甸甸的份量。電梯門開啟，我走向曾經來過幾次的頂樓，推開與樓梯相連的鐵門。

喀噠、喀噠、喀噠。

腳步聲如同在地下室一般空蕩迴響，我踩著樓梯一階階往上，走進了天臺。和初次來到這裡時幾乎沒有任何不同的身影出現在眼前。白熾的燈光在被黑暗籠罩的天臺中間，圈出一塊明亮的地盤。我往前踏出幾步，彷彿真的回到那天一般，聞到了隱隱飄來的菸味。當時的我還感到十分不爽，認為自己倒楣地被神經病纏上，結果誰知道呢？現在光是看著他的模樣，我的心臟便不受控制地陣陣發燙。循著腳步聲回頭看我的他，感到神奇似的露出笑容。

「你怎麼知道我在這裡？」

——我不知道你在這裡，我怎麼可能知道？

應該沒好氣地這樣回答他，我卻什麼都說不出口。我望著那只向我展露的真正笑容，而他熄掉菸蒂，朝我走近。

「現在終於想聽了嗎？你真正想要的東西。」

他抬起手，自然地圈住我的脖子。碰觸到頸部的指尖，緩慢地輕撫肌膚。

「我想要什麼？」

他側頭看我，眼神漫不經心地咕噥。

「有時候毒也可能變成藥。」

「你的意思是，我想要的東西是毒嗎？」

「因為你認為活著就是毒。」

他輕聲說完，又繼續溫柔地開口。

「還剩下幾個小時。比起聽別人說，還是你自己講比較好，我給你機會，你說說看。我已經給你那麼多時間了，你總該知道了吧？你真正想要的東西是什麼？你希望我就這麼放手，往後退嗎？」

與他的問題相反，他離我更近了。近在咫尺的身體即將緊緊相貼，他卻在那若即若離的曖昧距離停住動作。

「期限快到了，你應該知道了吧？」

「你不是也有期限嗎？」

我一整天在心中掛念的，並不是自己要給他的答案，而是他與金會長的問題。我拐彎抹角地問他決定怎麼回覆金會長，似乎讓他不太滿意。他的表情倏然變得冷漠，隨即又恢復笑容。

「原來你還是不相信我，不相信我最後會贏。」

說完後，他鬆開手，往後退了一步。勾著後頸的手一離開，我才倏然感受到一股寒意，意識到空氣原來如此冰涼。我暗自忍耐著對溫暖的留戀，而他掏出手機，撥了電話給某個人。在電話接通前，他只是默默凝視著我，過了一會兒才開口。

「金會長，我是尹理事。」

自揭身分的他，對我露出笑容，並若無其事地說出結論。

「我要把夢想企劃的股份統統轉讓給你。」

什麼？親眼看著經紀人今天早上懷抱的希望在眼前消失，我依舊不敢相信。太過輕易就放棄夢想企劃的神經病又聊了幾句，便定下放款期限，結束了簡短的通話。

「請在一週內處理好，我想趁鄭社長知情前，趕快離開這裡。」

那是真的嗎？不是為了整我而演出來的吧？我看著他結束簡短的通話，將手機塞回口袋，小聲問他。

「為什麼？你不是說不會放棄電視劇嗎？」

「對，不會放棄。」

那你那番話到底是什麼意思？我忍住即將脫口而出的質問，暴躁地開口。

「那你為什麼要交出夢想企劃的股份？」

他輕描淡寫地說明了原因。

「因為需要錢。」

錢？美國的事業果然……

「你去美國辦的事，出問題了嗎？」

原本神情從容的他，露出了犀利的目光。

「怎麼可能？我都親自跑一趟了，當然是處理好才回來的。」

可是你說需要錢，不就和金會長說的一樣，事業不順利嗎？但我還沒發出疑問，他便主動透露了不滿。

「真是個固執的老頭。其他人都在合約上簽名了，只有他沒事那麼固執，堅持不借我，害我還得飛去美國一趟。」

固執的老頭？借我？我隱隱約約憶起愛麗絲社長託我拿補藥給神經病時說過的話。神經病必須借到某樣東西，但似乎不太順利，所以看起來狀態很糟。

「你要跟誰借什麼？」

他沒有回答，只是抽動一邊的嘴角，開口說道。

「之後再告訴你，提前知道就不有趣了。」

要是之後知道的時候，我還是覺得不有趣，你要負責嗎？本想這麼回嘴，我卻先問了自己好奇的事。

「那你為美國的事情操勞，其實和金會長沒關係嗎？不是因為他妨礙了你的事業？」

「對。」

他回答得太乾脆，反倒讓我失去探究的興致。而他可能被我的質疑傷到了自尊心，露出冰冷的眼神。

「你認為就憑金會長那種人，有辦法妨礙我經營的事業嗎？」

「你不是那樣認為的嗎？」

「那只是偽裝。」

到底要怎麼做，才能把事業偽裝得岌岌可危？我不解地看著他，抛出最後一個問題。

「那錢呢？你說需要錢，所以把股票賣給他，那也是偽裝嗎？」

「不，我是真的需要錢。」

要用在哪裡？我追問後，他立即皺起眉頭，似乎想到了什麼不開心的事，冷漠地說道。

「繳稅。」

「……那筆錢全部嗎？」

「對。」

究竟是哪門子的稅，需要繳那麼多錢？因為他只會說一些令人難以理解又難以置信的話，我已經放棄繼續追問，只是靜靜凝視著他。我預想他不會仔細向我解釋，於是閉上嘴巴，但令人訝異的是，他居然主動說明了稅金的事。

「我得繳贈與稅。有個老頭子急著想把財產分給我，而我答應收下了。」

急著想把財產分給他的老頭子。我不由自主聯想到昨天愛麗絲社長說過的話。

「你的親生爺爺？」

他馬上瞇起眼睛審視著我，過了一會兒才靜靜詢問。

「愛麗絲的社長告訴你了？」

我回答「對」之後，簡略說明了昨天發生的事。不過，他聽我說話的表情，可以說是無聊至極。即使自己的親生父親到愛麗絲對社長要流氓，而且我還得知了他的過去，他卻只是這樣問我。

「你只聽說這些？」

「對，還有其他應該知道的嗎？」

「嗯，他好像沒告訴你最有趣的事情，也就是我的親生父親是誰。」

他的親生父親、獲得贈與的財產、愛麗絲社長說之後就會眾所皆知的事情，以及幾週後將推舉金會長成為夢想企劃社長的幹部會議。這其中似乎沒什麼關聯，但我的第六感告訴我，一條隱藏的暗線正將這些事情全都串在了一起，而幹部會議正是神經病在等待的、真正要分出勝負的舞臺。

「獲得贈與的財產，是你說過的必勝條件嗎？」

這是神經病第二次露出相同的表情——剛才我問他金會長是否妨礙到他的事業時，曾露出自尊心受損的冰冷眼神。

「我看起來像是必須利用忽然出現的靠山，才能贏得勝利的蠢貨嗎？」

「對手很強的話，利用靠山也是情有可原吧。」

「我不會。」

打斷我說話的他，漫不經心繼續說道。

「那是擁有的話有幫助，沒有也無所謂的牌。」

那句話聽起來，就像即使交出夢想企劃，他手中還有其他真正厲害的底牌，能把電視劇搶回來。既然那是他之後才會告訴我的有趣事實，我無法繼續追問下去。在我沉默的時候，他又恢復溫柔的笑容，展現出令人意想不到的親切。

「從老頭子那裡拿到的財產，本來都是我媽的。是我媽繼承了我外公的產業，在結婚時帶來的。她以接走我為條件，被人搶走了自己的嫁妝，所以我討回來也是天經地義。」

接著，他噗嗤一笑，繼續說道。

「聽說繼續放在那裡，財產就得分給其他人，我只好收下了。看到以為那筆錢屬於自己的白痴像狗一樣亂吠，也是挺有趣的。」

他將父親與同父異母的兄姐比喻成狗的那句話，並未帶有任何感情。他說得好像他們是什麼微不足道的存在，讓我莫名產生了一股奇異的情緒。不，不僅是有血緣關係的家人，當他提起愛麗絲的社長或其他人，我也不曾感受到他的情緒波動。可是為什麼？為什麼他看著我的時候，會露出那樣的笑容？

「你不用擔心，雖然老頭子提出好幾項條件，不過我已經朝著不用全部遵守的方向鋪好路了。」

「……」

「李宥翰。」

他呼喚我名字的聲音，讓我的心臟整整漏了一拍。我不由自主地往後退了一步，他卻眼神凶狠地緊抓住我的手臂。

「你是怎樣？還是不願意承認嗎？」

——承認什麼？

像氣音一樣，我勉強輕聲反問。聽見我的呢喃，他露出了駭人的微笑。

「你喜歡我。」

他沒抓住我的另一隻手，用力地觸碰著我的胸口，同時繼續說道。

「你的心跳聲正在大聲喧囂。」

「我知道。」

我冷冷地回答，一邊抬起目光。凝望著冰冷逐漸褪去的眼睛，我問出了自己最想知道的事情。

「如果承認，會有什麼不同？」

不，不該有所不同。對我來說，不能有任何不同。本來暫時褪去的冰冷，變得比原先還要濃烈。他抓住我手臂的那隻手，用力得彷彿要陷進我的皮膚，強硬的力道讓我的身體瞬間前傾。但我並不需要為了保持平衡而邁開腳步，因為他扶著我，讓我不會倒下。

不，就算跌倒，我大概也無暇顧及。此時此刻彷彿要將我吞食殆盡的唇舌，讓我的意識徹底陷入恍惚。如同懲罰般，帶著菸味的舌頭伸進我被迫張開的嘴，撕咬的唇齒和在口中粗魯舔吻的舌頭，毫不憐惜地要將我徹底擊潰。片刻過後，他終於放開我，劇烈的喘息在我們之間蔓延。他隔著極近的距離，低聲問我。

「你現在有什麼感覺？沉浸於快感不斷喘氣，有讓你因罪惡感而想死嗎？」

「……」

「沒有吧？雖然後悔，但應該不到想死的程度。你知道這是為什麼嗎？」

如野獸般閃爍的眼睛忽然黯了下來。儘管下意識想往後退開，他卻用力勾住我的脖子，用蠻力禁錮想脫逃的我，湊到我耳邊輕聲說——

「因為你想活下去。你心裡是想活下去的，要是你真的因罪惡感而想死，就該死在五年前的那一天。」

我不記得自己是怎麼回到考試院的。不，這裡不是考試院。我為什麼會在神經病家裡？清醒之後，我才倏然意識到自己身處何處。接著，他強行將我塞進車內、帶我回到這裡的記憶才隱約在腦中浮現。臨走前，他還留下了一句命令——

「等我。」

等他……我起身看著時鐘。凌晨一點三十分。現在已經沒有地鐵了，我要走回去嗎？我離開自己短暫睡著的沙發，走到門邊，同時又習慣性地看了手機一眼，發現有一通未接來電和一則簡訊。我沒看寄件人寫著「神經病」的簡訊，直接將手機塞回口袋，走了出去。

夜晚冰涼的空氣，給人一種舒暢的感覺。我深吸一口氣，讓寒意包裹不再滾燙的胸腔，才選定方向邁開腳步。剛開始拚命工作時，有些時候即使身體疲憊至極，我依然無法入睡。每到那種時候，我就會拖著被思考折磨的身軀，逃避似的奪門而出。

對我來說，沒有任何事情比思考更能讓我感覺自己還活著。因為活著對我來說過於奢侈，如果想停止思考，毫無目的地漫步是最好的辦法。像動物一樣移動、覓食、睡覺，這就是我能擁有的一切。

或許神經病說的沒錯。我打著贖罪的名義還債並承受肉體上的痛苦，不就是為了支付代價嗎？即便透過那種方式，我還是想痛苦艱難地繼續生活。因為我其實想活下去。就像現在，拿對明新復仇作為活下去的藉口。

一團熱氣凝聚於胸口，逐漸膨脹的熱意令我難以呼吸。窒息般灼燒著心臟的痛苦讓我寸步難行，只能癱坐在原地。我疲憊不堪地閉上雙眼，不堪負荷的腦袋倏然低垂，一片伸手不見五指的黑暗徹底將我籠罩。

雖然我的臉慘不忍睹，值得慶幸的是，今天並不是正式拍攝。據經紀人所說，鄭製作人想聽我讀一遍臺詞，再找出需要調整的部分。我曾經疑惑，為什麼要把我的戲份留到最後拍攝、又為什麼到了最後還要修改劇本，但在前往工作室的路上，我沒有心思去想這些。

逼自己呼吸、挪動雙腿，反覆默念今天要做的事，就是我能做的一切了。要是不這麼做，渙散的精神根本無力抵抗，昨晚的種種恐怕又會化作怪物襲向我。我討厭自己像個將難題拖到最後再解決的孩子，可是恐懼一直無法消除。

想起他說的話，赤裸裸地看著自己偽善的模樣，窒息的感覺又再次將我淹沒。因此我非常慶幸現在還有事可以做，要是無所事事，或許我會像個廢物，蜷縮在考試院的房間裡。即便是假裝安然無恙的此刻，依舊令我痛苦不堪。

「你先一次讀到最後，也可以像讀語文課本一樣朗讀出來，知道了吧？」

下達指示的鄭製作人，在我面前架起一臺小型攝影機。我低頭看向他給的劇本，瀏覽了開頭的部分。開頭好像沒有調整，和我先前背誦的內容一模一樣。他似乎看出了我的想法，開口解釋。

「後段才有新增臺詞，雖然其他人也有給予意見，但我上次看見你的演技就想調整了。不過要怎麼改……其實我也拿不定主意，感覺要先看你讀過一次，才會抓到感覺。」

說完，他輕聲一笑，繼續說道。

「因為在我腦海中，你就是實際存在的角色。」

接著，他示意我開始讀，我看向開頭，念出臺詞。並未露臉的主角透過旁白詢問。

「你是為了什麼而活？」

主角拿這個問題訪問了好幾個人。包含漢洙飾演的、一看見鏡頭就全身僵硬的演員，還有身為同鄉朋友的我。我回答自己沒有活著的目標後，他反問了一句。

「你不是還在繼續生活嗎？還沒找到目標嗎？」

劇中的我聽見他說的話後，認真思索片刻，說起了自己每日的行程。那是再平凡不過、每天重複的日常。週一到週五早上六點三十分起床，做好出門上班的準備就前往公司，在那裡完成被指派的工作，並在員工餐廳吃午餐，再繼續工作直到下班。回家打掃一下，就在空蕩蕩的屋子裡獨自享用晚餐。每一天、每一天，總是重複著同樣的行為。

「只是因為活著，才繼續活下去。我的人生沒有什麼目標，也沒有所謂的意義。」

直到這裡都是我背過的臺詞，而訪談也就此結束。這是一個沒有人生意義的人。但如同鄭製作人所說，後面加了新的臺詞。我就像朗讀語文課本一樣，開闔的雙唇讀出首次看到的字句。

「我無法理解其他人的快樂。雖然看見了一樣的東西、有過同樣的經歷，我卻對他們歡笑或感到幸福的原因沒有任何共鳴。有時候我會產生疑問，難道只因我還在呼吸，就必須活下去嗎？那不就是純粹為了活著而活著？仍在呼吸這個單純的事實，可以成為不知為何而活的我，活下去的理由嗎？我不知道，如果什麼都感覺不到，覺得活著是一種折磨，不就表示這種痛苦是人生的代價嗎？這未免也太殘忍了吧？我認為所謂的人生，只有想活下去的人，才需要理由。就算身處痛苦的現實之中，只要是能從身邊找到笑容、心懷感激、能稍微感受到一點愛的人……這個人……就有資格……尋找活下去的理由。擁有那種心臟的人……

「……

「……」

「泰民先生？有什麼問題嗎？」

鄭製作人又呼喚了幾次我的名字，我卻抬不起頭，目光定定地注視著我讀不完的最後一行句子。

擁有那種心臟的人，才應該活下去。

昨晚的我不甚明白。即使痛苦得癱坐在街頭，甚至維持那種狀態很長一段時間，我仍不知道壓在胸口上、令我呼吸困難的痛苦究竟是什麼。當我走出工作室，愣愣地拿起手機時，我終於找到了答案。昨天沒看的、神經病的簡訊，顯示在倏然亮起的小螢幕上。

——來找我，我會讓你哭。

直至灼燒般的痛苦抑住喉嚨，我才終於醒悟。啊，這樣啊，原來這就是眼淚啊。是我獨自一人不敢流出的眼淚，是我束縛著自己、自認不能流出的眼淚。想哭的感覺令我無所適從，彷彿窒息般的痛苦逼得我根本喘不過氣。我帶著無法釋放的情緒，邁開沉重的腳步。

沒走幾步，我就停了下來，頹然癱坐在路邊的長椅上。直至細微的震動自手中傳來，我才發現自己已經待在原地很長一段時間了。我睜開無意間闔上的雙眼，慢慢接起電話，冰冷的機器傳來他詢問「你在哪裡」的聲音。我用生硬的語氣，小聲回答他。

「讓我哭吧。」

光天化日之下，兩個男人一起走進飯店。平時的我一定會顧慮旁人的目光，盡量避免這麼做。可掛斷電話二十分鐘後，被衝過來的他拉進飯店之後發生的事，我已經不太記得了。我像個斷了線的人偶，被他抓著手臂穿越大廳，坐上電梯，再走過走道。

接下來，部分記憶卻像斷片一樣。

如同有些記憶消失，也有些記憶變得模糊。被霧氣氤氳的視野一片灰濛，把自己的身體交給對方的同時，我亦環住了他的肩膀。彷彿他是此刻唯一能抓住的繩索，讓我不至於從萬丈深淵墜落。他粗暴地脫下衣服，撕咬著我的唇舌，就連他把我拉到床上時，我也沒有鬆開環著他的手臂。

我緊緊抓著他結實的手臂不放，宛如溺水者攀住唯一的浮木。彷彿要安撫那樣的我一般，溫柔的吻不停落下，與此同時，他的手也探入我的雙腿之間。冰涼的潤滑液滑過股間，手指不容抗拒地探入後穴，令人抗拒的異物感讓我的身體僵硬不堪。

維持那個姿勢應該不太舒服，他卻沒有停下親吻。與他緩慢而溫柔的吻不同，灼熱的性器不容置疑地挺進我只被手指稍微擴張、尚未適應的後穴。我咬緊牙關，努力不因痛苦而嘶吼出聲。

除了短暫停頓，讓我得以喘口氣外，他沒有施予任何慈悲。粗長的性器從一開始便毫不留情地挺動，我整個人不受控制地在床單上搖晃。他的雙手不容反抗地掐著我的腰，禁錮著我不斷被推向床頭的身體。或許，那是想要逃離痛苦的本能。

比起做愛，這更像懲罰。當那只讓我感受到痛苦的行為結束時，在劇烈的喘息之間，我才發現自己已淚流滿面。他低頭俯視著我的身影，映入了我被淚水糊成一片的視野。還沒將性器拔出去的他，靜靜撥弄著我的頭髮，再次低頭吻了我。

第二次就和接吻一樣了。那是緩慢、溫柔、讓我整個人被快感徹底侵蝕的真正性愛。一切結束後，我昏厥般閉上眼睛。隱隱約約，好似有某些記憶片段在腦中模糊浮現。當某個冰涼的東西觸碰到臉頰，我睜開眼睛，那段記憶好似變得更為清晰。

為了讓我喝水而叫醒我的他，將礦泉水遞到我嘴邊。我嚥下冰涼的水，一頭跌進柔軟的枕頭。隨後，記憶片段與我眼前逐漸清晰的身影漸次重疊。他坐在床沿，仰頭喝著剩下的水。咕嚕咕嚕。我看著他喝水時性感滾動的喉嚨，開口問道——

「……是你？」

五年前那小子。

——《PAYBACK 02．下》完

NE027

PAYBACK 02・下

페 이 백

作　　者	samk
譯　　者	吳采倩
封面設計	CC
封面繪者	Uri
責任編輯	任芸慧
校　　對	胡可葳

發　　行	深空出版
出 版 者	深空出版有限公司
地　　址	臺北市中正區館前路 59號 9樓
電　　話	(02)2375-8892
傳　　真	(02)7713-6561
電子信箱	service@starwatcher.com.tw
官網網址	www.starwatcher.com.tw
初版日期	2025年 02月

總 經 銷	聯合發行股份有限公司
地　　址	新北市新店區寶橋路 235巷 6弄 6號 2樓
電　　話	(02)2917-8022

國家圖書館出版品預行編目(CIP)資料

PAYBACK01 / S A M K 著 . -- 初版 . -- 臺北市 :
深空出版有限公司出版 : 深空出版發行 , 2025.02
冊 ;　公分
ISBN 978-626-99031-8-4(第 2 冊 : 平裝). --
862.57　　113018634